U0037539

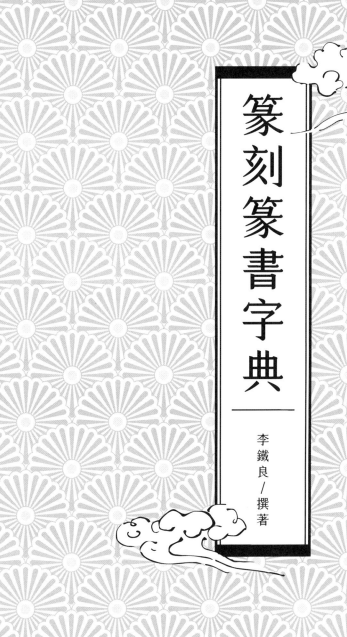

篆刻篆書字典

李鐵良／撰著

蕙麓出版

篆字，是中國最古老的文字，亦是具有現代價值的文字，此種古老與現代品格兼備的文字，在世界獨樹一幟。篆字，作為紀錄語言的符號早已演變為現代形式的文字，在學術藝術領域中經久不衰數千載，展現著光彩。篆字之美，使其不僅僅是一般意義上的文字，而成為一種獨特的藝術形式文字，為古今人們所共賞。從秦漢至現代，無論國內外，篆書篆刻家、工藝美術家們，將自己的創作寓於這種象形文字的形體中，金石書法之美與篆字結體之美相融，古老的字形與現代設計結合，造就成為具有無限魅力和生命力的藝術。篆字是我華夏歷史文化寶庫裡一顆絢麗的明珠。

我們的祖先，早在原始時期，其形象、藝術思維的能力就已達到相當高度。我在研究中聯想到遍佈祖國崇山峻嶺中那粗拙質樸的巖畫圖像，就酷似殷商周時期刻在甲骨上和鑄在銅器上的文字，而甲骨文和金文其鮮有的象形特徵又酷似圖畫。從這些史前文化現象中充分體現了先民們豐富的審美情趣、形象意識與對美感的追求。

我早年修學工藝美術，長期從事美術編輯和設計工作，由於專業業務的涉及，自青年時代始就為篆字之奇妙所傾倒並與其結下不解之緣。甲骨文拓片上那似字似畫的痕蹟，把我帶入遠古世界的氛圍之中；我品味『盂鼎銘文』，曲筆圓潤的字形粗細相間，輕重交錯的整體效果，表現出極高的美學價值；而石鼓文字，筆畫繁嚴，渾厚質樸成為漢字方正整齊的雛形；那『泰山刻石』殘石小篆，其結構的洗練、形體的勻稱、線條的流暢，似將一個個單字昇華為一幀幀秀麗的紋樣圖案。它們的象形之美、變形之美和鮮明的表現力，令我玩味不已。我讀篆如賞畫，古人造字從造畫而始，他們善於捕捉物體的構架外形，善於省略和抽象，善於做對稱處理、裝飾處理、方正整齊處理，使篆字早在數千年前就逐漸達到具有完美造型、符合美學法則的藝術形式。正是這種偏愛和濃厚的審美情趣激勵著我，長期不懈地進行篆字資料的廣集博採並決心編撰一部藝術性和工具性兼備的篆字字書。

我的書寫是以繪圖鋼筆為工具，對每個字總是先設計後落筆，按其結構特徵，或簡練或豐滿，或疏鬆或緊密，或圓潤或方正，強調裝飾感，表現篆字特有的韻味，力求使字的個體和群體均具有美感和可賞性，即是我做此書的主旨。撰寫工作自半百之歲開始，花甲之年完成，可謂『發奮忘食，樂以忘憂，不知老之將至』，在苦樂交融中進行學習，得到了追獲的滿足。

在篆文資料中不乏有如下的情形：有的諧音字通用，有的同義字相混，有的字形相近而互借，有的獨體字代合體字（取其主體捨偏旁），還有傳統的簡體字和繁體字相混相分等問題。在編撰過程中除擯棄了一些明顯不妥字外，基本保留了資料的原貌，以便於讀者廣泛瀏覽選用。這樣做也難免把一些誤訛隻字夾帶其中，乞望讀者鑑別勘正。

感謝本書能有出版的機會，我對於能為弘揚中國歷史文化做一點貢獻，感到欣慰。友人張鐘和、許家麟先生應邀相助參與了檢字表的編寫和正文版面的剪輯製作，僅誌文於此，以示紀念暨謝忱。

李鐵長

部首

【一畫】
一 1（上）　丨 4（上）　、 4（下）　丿 5（上）　乙 7（上）　亅 8（上）

【二畫】
二 9（上）　亠 10（上）

人 13（上）　儿 30（下）　入 34（上）　八 35（上）　冂 37（下）　冖 38（下）　冫 39（上）　几 40（下）　凵 41（下）　刀 42（上）

力 47（下）　勹 51（上）　匕 52（上）　匚 53（下）　匸 54（下）　十 56（上）　卜 57（下）　卩 59（上）　厂 60（下）　厶 61（上）　又 63（上）

【三畫】

口 79（上）　土 81（下）　士 89（下）　反 91（下）　夕 92（下）　大 94（上）　女 98（上）　子 106（下）　宀 111（上）　寸 120（上）　小 123（下）　尢 124（下）

尸 125（上）　屮 128（上）　山 128（上）　巛 133（下）　工 134（上）　己 135（上）　巾 136（上）　干 140（上）　幺 142（上）　广 142（下）　夂 147（下）　廾 148（下）

6

攴	攴	手	戶	戈	心	【四畫】	彳	彡	彑	弓	弋
194(上)	194(上)	178(下)	177(上)	173(上)	195(下)		155(上)	153(下)	152(下)	149(下)	149(上)

歹	止	欠	木	月	曰	日	无	方	斤	斗	文
238(下)	236(下)	234(上)	216(上)	213(下)	211(下)	203(下)	203(上)	201(上)	200(上)	199(上)	198(下)

爿	爻	父	爪	火	水	气	氏	毛	比	毋	殳
276(上)	276(上)	275(上)	274(上)	267(上)	246(上)	245(上)	244(下)	244(上)	243(下)	242(下)	241(上)

用	生	甘	瓦	瓜	玉	玄	【五畫】	犬	牛	牙	片
293(上)	292(下)	292(下)	291(上)	290(下)	285(上)	284(下)		280(上)	278(上)	277(下)	277(上)

示	石	矢	矛	目	皿	皮	白	癶	疒	疋	田
319(下)	315(下)	314(下)	314(下)	309(上)	306(下)	306(上)	304(上)	303(上)	298(下)	298(上)	294(上)

檢字表

一部

一 1（上）

【一畫】
丁 1（上）
七 1（上）

【二畫】
上 1（上）
下 1（下）
丈 1（下）
三 1（下）
万 1（下）

【三畫】
不 2（上）
丐 2（上）
丑 2（上）

【四畫】
丙 2（下）
丕 2（下）
且 2（下）
丘 2（下）
世 3（上）

【五畫】
丞 3（上）
丟 3（上）

【七畫】
並 3（下）

丨部

【二畫】
丫 4（上）

【六畫】
串 4（下）

、部

叉 4（下）

【二畫】
丸 4（下）

【三畫】
丹 5（上）

【四畫】
主 5（上）

丿部

【一畫】
乃 5（下）

【二畫】
久 5（下）
之 6（上）

【三畫】
乏 6（上）

【四畫】
乎 6（上）
乍 6（上）

【五畫】
乒 6（下）

【七畫】
乖 6（下）

【九畫】
乘 6（下）

乙部

乙 7（上）

11

字	頁
候	24（上）
俱	24（上）
倔	24（上）
倦	24（上）
倩	24（上）
修	24（上）
值	24（上）
倬	24（下）
倡	24（下）
倀	24（下）
倏	24（下）
倉	24（下）
俺	24（下）
倚	24（下）
倭	25（上）

【九畫】

字	頁
偏	25（上）
偷	25（上）
停	25（下）
假	25（下）
偕	25（下）
健	25（下）
偵	25（下）
做	26（上）

【十畫】

字	頁
側	26（上）
偶	26（上）
偃	26（上）
偎	26（上）
偉	26（上）
備	26（下）
傍	26（下）
傣	26（下）
傅	26（下）
傀	27（上）
傑	27（上）

【十一畫】

字	頁
傖	27（上）
傘	27（上）
僂	27（上）
僅	27（上）
傾	27（上）
僊	27（下）
債	27（下）
傳	27（下）
傷	27（下）
催	27（下）
傲	27（下）

【十二畫】

字	頁
傭	28（上）
僕	28（上）
僮	28（上）
僚	28（上）
僥	28（上）
僖	28（下）
像	28（下）
僑	28（下）
僧	28（下）
僞	28（下）

【十三畫】

僻 28（下）　儋 29（上）　儂 29（上）　儈 29（上）　價 29（上）　儉 29（上）　僵 29（上）　傻 29（下）　儀 29（下）　億 29（下）　【十四畫】　儔 29（下）

儒 29（下）　【十五畫】　儞 30（上）　償 30（上）　優 30（上）　儲 30（上）　儻 30（上）　【十九畫】　儷 30（下）　【二十畫】　儼 30（下）　儿部

儿 30（下）　【二畫】　元 30（下）　允 31（上）　【三畫】　兄 31（上）　光 31（上）　【四畫】　先 31（下）　兇 32（上）　兆 32（上）　充 32（上）

兕 32（下）　【五畫】　免 32（下）　兌 32（下）　克 32（下）　【六畫】　兔 33（上）　兒 33（上）　【七畫】　兗 33（上）　【八畫】　黨 33（下）

【九畫】　兜 33（下）　【十畫】　兟 33（下）　【十二畫】　兢 33（下）　入部　入 34（上）　【三畫】　內 34（上）　【四畫】　汆 34（下）

凡【一畫】40（下）

凭【六畫】40（下）

凰【九畫】41（上）

凱【十畫】41（上）

凳【十二畫】41（上）

凵部

【三畫】

凶 41（下）
凸 41（下）
凹 41（下）

函【六畫】41（下）

刀部

刀【一畫】42（上）

刃【二畫】42（上）

分 42（上）

切 42（上）

刊【三畫】42（下）

列【四畫】42（下）
刑 42（下）
刎 42（下）

刪【五畫】43（上）
利 43（上）
初 43（上）

制 43（下）

刨 43（下）
別 43（下）

到【六畫】44（上）
刮 44（上）
刻 44（上）
剞 44（上）
券 44（下）
制 44（下）
刷 44（下）
剌 44（下）

剃【七畫】44（下）
剌 44（下）
前 44（下）
削 45（上）
則 45（上）

剝【八畫】45（上）
剖 45（下）
剔 45（下）
剛 45（下）
剷 45（下）

【九畫】

劃 【十三畫】 46（上）

剿 【十二畫】 46（上）

剽 46（上）

割 剩 創 【十一畫】 46（上） 46（上） 46（上）

剪 副 【十畫】 45（下） 45（下）

劑 【十五畫】 47（下）

劍 劊 劇 劉 劈 47（上） 47（上） 47（上） 46（下） 46（下）

加 功 力 【三畫】 48（上） 47（下） 47（下）

力部

勃 【七畫】 48（下）

劼 劾 【六畫】 48（下） 48（下）

助 劬 劫 努 【五畫】 48（下） 48（下） 48（下） 48（下）

劣 【四畫】 48（上）

勛 勞 務 勖 勘 勒 動 【九畫】 49（下） 49（下） 49（下） 49（下） 49（下） 49（上） 49（上）

勇 勁 勉 49（上） 49（上） 49（上）

勸 【十八畫】 51（上）

勵 【十五畫】 50（下）

勳 【十四畫】 50（下）

勢 勤 募 【十一畫】 50（下） 50（下） 50（下）

勝 49（下）

勹部

卜部・刀部・厂部・ㄙ部・又部 部首索引

南 55（下）
【十畫】博 56（上）

【卜部】
【三畫】卜 56（下）
【三畫】卜 56（下）
卡 56（下）
占 56（下）
【六畫】卦 57（上）

【刀部】
【三畫】印 57（上）
【三畫】卯 57（上）
卮 57（下）
厄 57（下）
【四畫】危 58（上）
【五畫】卵 58（上）
【六畫】卷 58（下）

卷 58（下）
【七畫】卸 58（下）
卻 58（下）
【十畫】卿 58（下）

【厂部】
厂 59（上）
【三畫】厄 59（上）
【七畫】厚 59（下）

原 59（下）
【八畫】原 59（下）
【十畫】厥 60（上）
【十二畫】厭 60（上）
【十三畫】厲 60（上）

【ㄙ部】
【三畫】去 60（下）
【九畫】

【又部】
又 61（上）
【三畫】反 61（上）
反 61（下）
及 61（下）
【六畫】受 62（上）
叔 62（上）
【七畫】叛 62（下）

參 60（下）

20

咒	周	响	呷	咀	呾	咎	呼	和	呱	呢	咄
69(下)	69(上)	69(上)	69(上)	69(上)	69(上)	68(下)	68(下)	68(下)	68(下)	68(下)	68(下)
咸	咻	哄	哈	咳	咷	哆	品	【六畫】	咏	味	呻
70(上)	70(上)	70(上)	70(上)	70(上)	69(下)	69(下)	69(下)		69(下)	69(下)	69(下)
哪	唐	哺	唄	【七畫】	哇	咽	咬	咱	哉	咨	咫
71(上)	71(上)	71(上)	71(上)		70(下)	70(下)	70(下)	70(下)	70(下)	70(下)	70(下)
唉	哦	唆	哨	唇	哲	哮	唏	哼	哭	哽	哥
72(上)	71(下)	71(下)	71(下)	71(下)	71(下)	71(下)	71(下)	71(下)	71(下)	71(上)	71(上)
唱	啄	啓	唬	唳	啦	唾	啖	啕	【八畫】	員	唁
72(下)	72(下)	72(下)	72(下)	72(下)	72(上)	72(上)	72(上)	72(上)		72(上)	72(上)

喇 喃 啼 喋 單 【九畫】 啜 問 唯 啞 啊 售
73(下) 73(下) 73(下) 73(下) 73(下) 73(上) 73(上) 73(上) 73(上) 72(下) 72(下)

善 喘 啻 喜 喧 啾 喈 喚 喙 喊 喉 唱
74(下) 74(下) 74(下) 74(上) 74(上) 74(上) 74(上) 74(上) 74(上) 74(上) 74(上) 74(上)

嗔 嗅 嗆 嗟 嗎 【十畫】 喻 喂 唱 喔 喑 喪
75(下) 75(下) 75(上) 75(上) 75(上) 75(上) 75(上) 75(上) 75(上) 75(上) 74(下)

嘔 嗽 嘈 嘗 噓 嘉 【十一畫】 鳴 嗩 嗓 嗣 嗜
76(下) 76(上) 76(上) 76(上) 76(上) 76(上) 76(下) 75(下) 75(下) 75(下) 75(下)

噸 噴 【十三畫】 嘶 嘴 嘲 嘯 嘻 嘩 嘹 嘮 【十二畫】
77(上) 77(上) 77(上) 77(上) 77(上) 76(下) 76(下) 76(下) 76(下) 76(下)

23

坑	坎	坊	坏	坂	【四畫】	圩	圮	在	圭	地【三畫】
82（下）	82（下）	82（下）	82（下）	82（下）		82（上）	82（上）	82（上）	82（上）	81（下）
坤	垃	坦	坪	坏	坡	【五畫】	坐	址	圻	均	圾
83（下）	83（下）	83（下）	83（上）	83（上）	83（上）		83（上）	83（上）	83（上）	82（下）	82（下）
垠	型	坰	垮	垢	垓	垤	【六畫】	招	垂	坼	坰
84（上）	84（上）	84（上）	84（上）	84（上）	84（上）	84（上）		83（下）	83（下）	83（下）	83（下）
堉	培	堋	【八畫】	埃	埕	城	埠	垶	埋	【七畫】	埴
85（上）	85（上）	85（上）		85（上）	85（上）	84（下）	84（下）	84（下）	84（下）		84（上）
堡	【九畫】	埽	域	堊	執	埴	堅	基	堂	堆	埭
86（上）		86（上）	86（上）	86（上）	85（下）	85（下）	85（下）	85（下）	85（上）	85（上）	85（上）

25

堨	塡	塘	塔	塌	【十畫】	垔	堯	場	堪	堵	報
87(上)	87(上)	87(上)	87(上)	86(下)		86(下)	86(下)	86(下)	86(下)	86(上)	86(上)
墀	塹	境	墊	墓	【十一畫】	塢	塑	塞	塍	塤	塊
87(下)	87(下)	87(下)	87(下)	87(下)		87(下)	87(下)	87(上)	87(上)	87(上)	87(上)
壁	【十三畫】	增	墜	墟	墩	墨	【十二畫】	埔	墅	塾	塵
88(下)		88(下)	88(下)	88(下)	88(上)	88(上)		88(上)	88(上)	88(上)	87(下)
罋	【十六畫】	壘	【十五畫】	壓	壏	壑	【十四畫】	甕	墾	壇	墳
89(上)		89(上)		89(上)	89(上)	89(上)		89(上)	88(下)	88(下)	88(下)
壻	壺	壬	【一畫】	士	【士部】	壥	【廿一畫】	壤	【十七畫】	壞	壈
90(上)	90(上)	90(上)		89(下)		89(下)		89(下)		89(下)	89(下)

26

妄 如 奸 好 她 妃 【三畫】 奴 奶 【二畫】 女
99（上） 99（上） 99（上） 99（上） 98（下） 98（下） 98（下） 98（下） 98（上）
【四畫】

妹 【五畫】 妖 妊 妝 妓 妞 妥 妒 妨 妙 姒
100上 100（上） 99（下） 99（下） 99（下） 99（下） 99（下） 99（下） 99（下） 99（下） 99（下）

委 姍 始 妯 姓 姜 妻 姊 姐 姑 妮 姆
101（上） 101（上） 100（下） 100（下） 100（下） 100（下） 100（上） 100（上） 100（上） 100（上） 100（上） 100（上）

姘 姚 姨 姿 姝 姹 姪 姜 姦 姣 姥 【六畫】
102（上） 102（上） 101（下） 101（下） 101（下） 101（下） 101（下） 101（下） 101（上） 101（上） 101（上）

娥 娑 娠 娟 姬 娘 娣 娩 【七畫】 威 娃 姻
103（上） 103（上） 103（上） 103（上） 102（下） 102（下） 102（下） 102（下） 102（上） 102（上） 102（上）

妮	娛		【八畫】	婢	婊	婆	婦	妻	婪	婚	娶	娼
103(上)	103(上)			103(上)	103(下)	103(下)	103(下)	103(下)	103(下)	103(下)	104(上)	104(上)

婀	婉		【九畫】	媒	媚	媞	婺	媛		【十畫】	媽	婿	嫉
104(上)	104(上)			104(上)	104(上)	104(上)	104(上)	104(下)			104(下)	104(下)	104(下)

嫁	媳	嫌	嫂	媼	嫛		【十一畫】	嫡	嫩	嫠	嫜	嫗
104(下)	104(下)	104(下)	104(下)	105(上)	105(上)			105(上)	105(上)	105(上)	105(上)	105(上)

嬌	嫻	嬋	嬈		【十三畫】	嬙	嬴		【十四畫】	嬪	嬰	嬭
105(下)	105(下)	105(下)	105(下)			105(下)	105(下)			105(下)	106(上)	106(上)

孃	孀	變	嬭	【十五畫】	子部	子	子	孔	【一畫】	孕	【二畫】
106(上)	106(上)	106(上)	106(上)			106(下)	106(下)	107(上)		107(上)	

字 107（上）
存 107（下）
【三畫】
孚 107（下）
孝 107（下）
孜 108（上）
【四畫】
孟 108（上）
孤 108（下）
季 109（上）
【五畫】

【六畫】
孩 109（上）
【七畫】
孫 109（上）
【八畫】
孰 110（上）
【十畫】
孵 110（上）
孳 110（上）
【十三畫】
學 110（下）
【十四畫】
孺 110（下）

孃 110（下）
【十六畫】
孼 110（下）
【十九畫】
孿 110（下）

宀部

【二畫】
它 111（上）
宄 111（上）
【三畫】
宅 111（上）
守 111（上）

安 111（下）
宇 112（上）
【四畫】
牢 112（下）
宏 112（下）
宋 112（下）
完 113（上）
実 113（上）
【五畫】
宓 113（上）
宕 113（上）
定 113（上）

官 113（下）
宙 113（下）
宗 113（下）
宜 114（上）
宛 114（上）
【六畫】
客 114（上）
宦 114（上）
宣 114（下）
宥 114（下）
【七畫】
害 114（下）

尖 124（上）

【四畫】
肖 124（上）

【五畫】
尚 124（上）

尢部
【一畫】
尤 124（下）

【九畫】
就 124（下）

尸部
尸 125（上）

【一畫】
尺 125（上）

尹 125（上）

【二畫】
尼 125（下）

【四畫】
屁 125（下）
尿 126（上）
局 126（上）
尾 126（上）

【五畫】
屆 126（上）

居 126（上）
屈 126（上）

【六畫】
屍 126（下）
屎 126（下）
屋 126（下）

【七畫】
屑 126（下）
展 126（下）

【八畫】
屏 127（上）

【九畫】

屠 127（上）

【十一畫】
屢 127（上）

【十二畫】
履 127（下）
層 127（下）

【十八畫】
屬 127（下）

屮部
屯 128（上）

山部
山 128（上）

【三畫】
屹 128（下）
屺 128（下）

【四畫】
岌 128（下）
岐 128（下）
岔 128（下）

【五畫】
岷 129（上）
岱 129（上）
峋 129（上）
岡 129（上）

峻	島	峰	【七畫】	峙	峋	峒	【六畫】	岳	岸	屺	岢
130（上）	129（下）	129（下）		129（下）	129（下）	129（下）		129（上）	129（上）	129（上）	129（上）

崇	崛	崗	崮	崙	崩	崍	【八畫】	峨	峴	峽	峭
130（下）	130（下）	130（下）	130（下）	130（下）	130（下）	130（上）		130（上）	130（上）	130（上）	130（上）

嵩	嵯	嶇	【十畫】	嵋	嵒	嵐	嵋	【九畫】	崖	崔	崢
131（下）	131（下）	131（下）		131（下）	131（上）	131（上）	131（上）		131（上）	131（上）	131（上）

【十三畫】	嶕	嶢	嶒	【十二畫】	嶙	嶇	嶄	嶁	【十一畫】	嵬
	132（下）	132（上）	132（上）		132（上）	132（上）	132（上）	132（上）		131（下）

巒	巔	【十九畫】	歸	【十八畫】	嶽	嶼	嶸	嶺	【十四畫】	嶸	嶧
133（上）	133（上）		133（上）		132（下）	132（下）	132（下）	132（下）		132（下）	132（下）

【二十畫】　嚴 133（上）

巛部　川 133（上）　【三畫】　州 133（下）　巡 133（下）　【八畫】　巢 134（上）

工部　工 134（上）

【三畫】　巨 134（上）　巧 134（下）　左 134（下）　【四畫】　巫 134（下）　【七畫】　差 135（上）

己部　己 135（上）　已 135（上）　【一畫】　巴 135（下）

【九畫】　巷 135（下）　巽 135（下）

巾部　巾 136（上）　【三畫】　布 136（上）　市 136（上）　【三畫】　帆 136（下）　【四畫】　希 136（下）

【五畫】　帕 136（下）　帛 136（下）　帔 137（上）　帑 137（上）　帖 137（上）　帙 137（上）　帚 137（上）　【六畫】　帝 137（上）　帥 137（下）

【七畫】　師 137（下）　席 138（上）　【八畫】　帶 138（上）　帳 138（上）　常 138（下）　帷 138（下）　【九畫】　帽 138（下）　幅 138（下）　幀 138（下）

幄 138（下）
幃 139（上）
【十畫】
慊 139（上）
幌 139（上）
幝 139（上）
幣 139（上）
幕 139（上）
幗 139（上）
幔 139（下）
幘 139（下）

【十二畫】
幡 139（下）
幢 139（下）
幟 139（下）
【十四畫】
幫 139（下）
幬 140（上）
【平部】
干 140（上）
【三畫】
平 140（上）
【三畫】

年 140（下）
【五畫】
并 141（下）
幸 141（下）
【幺部】
幻 142（上）
【二畫】
幼 142（上）
【八畫】
幽 142（下）
【十畫】

幾 142（下）
【广部】
广 142（下）
【四畫】
序 142（下）
庇 143（上）
庖 143（上）
府 143（上）
底 143（上）
店 143（上）
庚 143（上）

【六畫】
度 143（下）
麻 144（上）
庠 144（上）
庭 144（上）
【七畫】
庫 144（上）
座 144（上）
【八畫】
康 144（上）
庶 144（下）
庸 144（下）

字	頁碼
徒	157（下）
徜	157（下）
從	158（上）
御	158（上）
【九畫】	
復	158（下）
徨	158（下）
循	158（下）
徧	158（下）
【十畫】	
微	159（上）
【十二畫】	
德	159（上）
徹	159（上）
【十四畫】	
徽	159（下）
心部	
心	159（下）
【一畫】	
必	160（上）
【三畫】	
忙	160（上）
忒	160（上）
忌	160（上）
忍	160（下）
志	160（下）
忘	160（下）
【四畫】	
念	161（上）
快	161（上）
忸	161（上）
忽	161（上）
忠	161（下）
忞	161（下）
忿	161（下）
【五畫】	
怖	161（下）
怕	162（上）
怫	162（上）
怠	162（上）
怒	162（上）
怪	162（上）
怙	162（上）
急	162（上）
怯	162（上）
怵	162（下）
性	162（下）
怎	162（下）
怍	162（下）
思	162（下）
怡	162（下）
怨	163（上）
【六畫】	
恫	163（上）
恬	163（上）
恪	163（上）
恐	163（上）
恭	163（下）
恨	163（下）
恆	163（下）

恩	恣	怸	恕	恃	恥	恂	息	恰	恝	恍	恢
164（下）	164（下）	164（下）	164（上）	164（上）	164（上）	164（上）	164（上）	164（上）	164（上）	164（上）	163（下）

【八畫】	悉	悛	悄	患	悔	悍	悝	您	悖	【七畫】	羞
	165（下）	165（上）	165（上）	165（上）	165（上）	165（上）	164（下）	164（下）	164（下）		164（下）

惆	悴	惜	情	悸	惠	惑	惕	惇	悼	悶	悲
166（下）	166（下）	166（下）	166（上）	166（上）	166（上）	166（上）	165（下）	165（下）	165（下）	165（下）	165（下）

感	惱	惰	愍	愎	惲	【九畫】	悱	惟	惡	悴	悵
167（上）	167（上）	167（上）	167（上）	167（上）	167（上）		166（下）	166（下）	166（下）	166（下）	166（下）

愉	愚	愔	愛	意	愕	惻	愁	惴	惺	想	惶
168（上）	168（上）	168（上）	168（上）	167（下）	167（下）	167（下）	167（下）	167（下）	167（下）	167（下）	167（上）

慕　慢　【十一畫】　慍　慈　慎　慌　愧　愷　態　【十畫】　愈

169（上）　169（上）　　168（下）　168（下）　168（下）　168（下）　168（下）　168（下）　168（上）　　168（上）

憂　慫　慘　慇　慶　慧　慷　慨　慣　慮　慟　愿

170（下）　170（上）　170（上）　170（上）　169（下）　169（下）　169（下）　169（上）　169（上）　169（上）　169（上）　169（上）

憲　憔　憩　憬　憫　憑　憋　憮　憐　【十二畫】　慵　慰

171（上）　171（上）　171（上）　171（上）　171（上）　171（上）　170（下）　170（下）　170（下）　　170（下）　170（下）

懵　懲　【十五畫】　應　懈　憾　懇　憹　懂　【十三畫】　憤　憎

172（上）　172（上）　　171（下）　171（下）　171（下）　171（下）　171（下）　171（下）　　171（下）　171（下）

戈部　戀　【廿四畫】　戀　【十九畫】　懿　懼　懾　懸　【十六畫】　懷　懶

　　173（上）　　173（上）　　173（上）　172（下）　172（下）　172（下）　　172（下）　172（上）

40

戈 173（上）	【一畫】	戊 173（下）	【二畫】	戊 173（下）	戌 174（上）	戍 174（上）	成 174（下）	【三畫】	戒 175（上）	我 175（上）
【四畫】										
或 175（下）	戔 175（下）	【七畫】	戚 175（下）	戛 176（上）	【八畫】	戟 176（上）	【九畫】	戡 176（上）	戢 176（上）	【十二畫】
戰 176（上）										
【十三畫】	戴 176（下）	戲 176（下）	【十四畫】	戳 177（上）	【戶部】	戶 177（上）	【四畫】	房 177（上）	所 177（下）	【五畫】
扁 177（下）										
扃 177（下）	【六畫】	戾 178（上）	扇 178（上）	【七畫】	扈 178（上）	【八畫】	扉 178（上）	【手部】	手 178（下）	才 178（下）
【一畫】										
扎 178（下）	【二畫】	扒 178（下）	打 178（下）	扔 178（下）	【三畫】	托 179（上）	扛 179（上）	扣 179（上）	【四畫】	把 179（上）	扮 179（上）

扯	抓	找	折	扶	技	抗	扭	投	抖	扶	批
180（上）	180（上）	180（上）	179（下）	179（下）	179（下）	179（下）	179（下）	179（下）	179（下）	179（上）	179（上）

抛	拍	拌	抱	拜	拔	【五畫】	抑	扼	抒	承	抄
181（上）	181（上）	181（上）	181（上）	180（下）	180（下）		180（下）	180（下）	180（下）	180（上）	180（上）

拎	拉	拈	拓	拖	抵	拂	拇	抿	抹	抨	拼
182（上）	181（下）	181（下）	181（下）	181（下）	181（下）	181（下）	181（下）	181（下）	181（下）	181（上）	181（上）

挑	【六畫】	抬	押	抽	拆	拙	挂	招	挖	拒	拘
182（下）		182（下）	182（下）	182（上）	182（上）	182（上）	182（上）	182（上）	182（上）	182（上）	182（上）

拭	拾	持	拽	拯	指	拳	拮	拷	括	拱	拿
183（下）	183（上）	183（上）	183（上）	183（上）	183（上）	183（上）	182（下）	182（下）	182（下）	182（下）	182（下）

42

拴 183（下）　按 183（下）　挖 183（下）

【七畫】

捌 183（下）　捕 183（下）　挺 183（下）　捅 183（下）　捏 184（上）　挪 184（上）　挌 184（上）　捆 184（上）

挽 185（上）

【八畫】

挹 184（下）　挨 184（下）　挫 184（下）　捎 184（下）　捉 184（下）　振 184（下）　挾 184（上）　招 184（上）　捐 184（上）　捍 184（上）

捻 185（下）　推 185（下）　探 185（下）　掏 185（下）　掇 185（下）　掂 185（上）　掉 185（上）　拼 185（上）　捧 185（上）　培 185（上）　排 185（上）　捭 185（上）

掣 186（下）　挣 186（下）　掌 186（上）　掀 186（上）　捲 186（上）　掘 186（上）　掬 186（上）　捷 186（上）　接 186（上）　掛 185（下）　掠 185（下）　掄 185（下）

揮 187（上）　搣 187（上）　揩 187（上）　提 187（上）　描 187（上）

【九畫】

掩 186（下）　掖 186（下）　掃 186（下）　措 186（下）　捽 186（下）　授 186（下）

握	揄	揚	搵	揖	揉	揣	插	揀	揪	揭	換
188（上）	188（上）	187（下）	187（下）	187（下）	187（下）	187（下）	187（下）	187（下）	187（下）	187（上）	187（上）

搜	搔	搨	搶	搞	搪	搗	搭	搬	搏	【十畫】	援
189（上）	189（上）	189（上）	188（下）	188（下）	188（下）	188（下）	188（下）	188（下）	188（下）		188（上）

撫	摑	摽	摟	摹	摩	摸	摒	【十一畫】	搖	損	搔
189（下）	189（下）	189（下）	189（下）	189（下）	189（下）	189（上）	189（上）		189（上）	189（上）	189（上）

撓	撫	撲	撇	播	【十二畫】	摧	摔	摻	摯	摜	摘
190（下）	190（上）	190（上）	190（上）	190（上）		190（上）	190（上）	190（上）	189（下）	189（下）	189（下）

擋	【十三畫】	撒	撮	撙	撐	撞	撰	撳	撬	撅	撈
191（上）		191（上）	191（上）	190（下）	190（下）	190（下）	190（下）	190（下）	190（下）	190（下）	190（下）

撻 191（上）　擺 191（上）　撼 191（上）　擐 191（上）　擊 191（下）　據 191（下）　擒 191（下）　擎 191（下）　撾 191（下）　擅 191（下）　擇 191（下）　操 192（上）

擁 192（上）　攄 192（上）　擘 192（上）　【十四畫】　擬 192（下）　撻 192（下）　擱 192（下）　擠 192（下）　擦 192（下）　【十五畫】　攀 192（下）

擋 192（下）　擴 193（上）　擷 193（上）　擲 193（上）　擾 193（上）　【十七畫】　攏 193（上）　攔 193（上）　攪 193（上）　【十八畫】　携 193（下）　攝 193（下）

攛 193（下）　【十九畫】　攤 193（下）　攣 193（下）　【二十畫】　攪 193（下）　攬 193（下）　【支部】　支 194（上）　【支部】　【三畫】　收 194（上）

【三畫】　改 194（下）　攻 194（下）　攸 194（下）　【四畫】　放 195（上）　【五畫】　政 195（上）　故 195（上）　【六畫】　效 195（下）　【七畫】

45

敝　197（上）
敢　197（上）
敦　196（下）
【八畫】
敞　196（下）
敖　196（下）
教　196（上）
敕　196（上）
救　196（上）
敏　196（上）
攽　195（下）
敗　195（下）

【十六畫】
斂　198（上）
【十三畫】
整　198（上）
【十二畫】
數　198（上）
敵　198（上）
敷　197（下）
【十一畫】
敲　197（下）
【十畫】
散　197（下）

斜　199（下）
【七畫】
料　199（下）
【六畫】
斗　199（上）
【斗部】
斐　199（上）
斑　199（上）
【八畫】
文　198（下）
【文部】
斀　198（上）

斬　200（上）
斫　200（上）
斧　200（上）
【四畫】
斥　200（上）
【一畫】
斤　200（上）
【斤部】
幹　199（下）
斠　199（下）
【十畫】
斟　199（下）

施　201（下）
【五畫】
於　201（下）
【四畫】
方　201（上）
【方部】
斷　201（上）
【十四畫】
新　200（下）
【九畫】
斯　200（下）
【八畫】

殆	殄	【五畫】	妖	殁	【四畫】	歽	死	【三畫】	歹	歹部	歸
239(上)	239(上)		239(上)	239(上)		238(下)	238(下)		238(下)		238(上)
【十一畫】	殞	【十畫】	殘	殖	【八畫】	殍	殊	殉	【六畫】	殃	殂
	240(上)		239(下)	239(下)		239(下)	239(下)	239(下)		239(上)	239(上)
【五畫】	殳部	殲	【十七畫】	殯	斃	【十四畫】	殮	【十三畫】	殫	【十二畫】	殤
		240(下)		240(下)	240(下)		240(上)		240(上)		240(上)
毅	歐	【十畫】	毀	殿	【九畫】	殼	【八畫】	殺	股	【六畫】	段
242(上)	242(上)		242(上)	242(上)		242(上)		241(下)	241(上)		240(下)
比	比部	毓	【十畫】	毒	【四畫】	每	【三畫】	母	【一畫】	毋	毋部
243(下)		243(上)		243(上)		243(上)		242(下)		242(下)	

架	枯	柯	柑	枸	柳	奈	某	枰	柄	柏	柱
221（上）	221（上）	221（上）	220（下）	220（下）	220（下）	220（下）	220（下）	220（下）	220（下）	220（上）	220（上）

查	柱	柘	柵	枳	栀	栂	枭	柒	柜	柬	枢
221（下）	221（下）	221（下）	221（下）	221（下）	221（下）	221（上）	221（上）	221（上）	221（上）	221（上）	221（上）

格	栗	桐	【六畫】	柧	桃	柚	柞	染	柔	柿	柴
222（下）	222（下）	222（上）		222（上）	222（上）	222（上）	222（上）	222（上）	221（下）	221（下）	221（下）

枭	株	校	栩	桀	桔	桓	核	栻	桂	栝	根
223（下）	223（下）	223（下）	223（上）	223（上）	223（上）	223（上）	223（上）	223（上）	223（上）	223（上）	222（下）

梯	梵	梅	桴	根	框	【七畫】	桅	案	桑	栽	栓
224（下）	224（下）	224（上）	224（上）	224（上）	224（上）		224（上）	224（上）	223（下）	223（下）	223（下）

榭	榷	槍	槐	榰	構	槀	榴	槨	榻	槃	榜
229(下)	229(下)	229(上)	229(上)	229(上)	229(上)	229(上)	229(上)	229(上)	229(上)	229(上)	228(下)

概	樓	樊	模	標	【十一畫】	檳	榮	榕	槊	榛	寨
230(下)	230(下)	230(上)	230(上)	230(上)		229(下)	229(下)	229(下)	229(下)	229(下)	229(下)

槖	樸	【十二畫】	樂	樣	樅	槽	樞	椿	樟	槳	槿
231(下)	231(下)		231(上)	231(上)	231(上)	231(上)	230(下)	230(下)	230(下)	230(下)	230(下)

橇	樹	橙	橡	樵	橋	橘	機	樺	橫	橄	橈
232(下)	232(上)	232(上)	232(上)	232(上)	232(上)	232(上)	232(上)	231(下)	231(下)	231(下)	231(下)

檸	檬	檳	【十四畫】	檐	橄	檣	檢	檀	檔	【十三畫】	樾
233(上)	233(上)	233(上)		232(下)	232(下)	232(下)	232(下)	232(下)	232(下)		232(下)

流 253（上）　海 253（上）　浩 253（下）　浣 253（下）　浹 253（下）　浸 253（下）　涇 253（下）　涓 253（下）　浚 253（下）　消 253（下）　涎 254（上）　浙 254（上）

涉 254（上）　洟 254（上）　凍 254（上）　浥 254（上）　浴 254（上）

【八畫】

淡 254（下）　淀 254（下）　淘 254（下）　淌 254（下）　添 254（下）　淖 254（下）

淚 254（下）　淋 254（下）　涼 254（下）　淥 255（上）　淪 255（上）　淹 255（上）　涸 255（上）　涵 255（上）　淮 255（上）　混 255（上）　淨 255（上）　淒 255（下）

淇 255（下）　淺 255（下）　清 255（下）　淅 255（下）　涿 255（下）　淳 255（下）　深 256（上）　淑 256（上）　淄 256（上）　淬 256（上）　淙 256（下）　淞 256（下）

涯 256（下）　液 256（下）　淹 256（下）　淫 256（下）　淵 256（下）

【九畫】

渤 257（上）　湃 257（上）　湄 257（上）　渺 257（上）　渚 257（上）　湎 257（上）

減	湔	湫	湟	渾	渙	渴	湖	港	湯	湍	渡
258(上)	258(上)	258(上)	258(上)	258(上)	257(下)	257(下)	257(下)	257(下)	257(下)	257(上)	257(上)

渭	渦	游	湮	湊	湞	測	湜	湛	渣	渠	湘
259(上)	259(上)	259(上)	258(下)	258(下)	258(下)	258(下)	258(下)	258(下)	258(下)	258(上)	258(上)

溝	溜	溧	滔	溟	滅	溥	滂	【十畫】	湧	湲	渝
260(上)	260(上)	260(上)	259(下)	259(下)	259(下)	259(下)	259(下)		259(下)	259(下)	259(下)

漂	【十一畫】	源	溫	溢	溯	滋	溶	準	溪	滑	滾
261(上)		261(上)	260(下)	260(下)	260(下)	260(下)	260(下)	260(上)	260(上)	260(上)	260(上)

滸	漢	漑	漣	漓	漏	潔	滌	滴	漫	滿	漠
262(上)	261(下)	261(下)	261(下)	261(下)	261(下)	261(下)	261(下)	261(上)	261(上)	261(上)	261(上)

字	頁碼
漸	262（上）
漿	262（上）
漆	262（上）
滯	262（上）
漳	262（下）
漲	262（下）
漱	262（下）
漬	262（下）
漕	262（下）
漚	262（下）
漪	262（下）

【十二畫】

字	頁碼
演	262（下）
漾	263（上）
漁	263（上）
潑	263（上）
潘	263（上）
澎	263（上）
潭	263（上）
潼	263（下）
潦	263（下）
潙	263（下）
潞	263（下）
潰	263（下）
潔	263（下）
澆	263（下）
澗	263（下）
潯	263（下）
潛	264（上）
澈	264（上）
潮	264（上）
潺	264（上）
澄	264（上）
澍	264（上）
潤	264（上）

【十三畫】

字	頁碼
澌	264（上）
澀	264（下）
澹	264（下）
濃	264（下）
濂	264（下）
激	264（下）
濁	264（下）
澡	264（下）
澳	264（下）
澤	265（上）
濱	265（上）

【十四畫】

字	頁碼
濛	265（上）
濤	265（上）
濫	265（上）
澥	265（上）
濟	265（下）
濕	265（下）

【十五畫】

字	頁碼
瀑	265（下）
瀆	265（下）
瀏	265（下）
瀘	265（下）

灌　266（下）
瀲　266（上）
【十八畫】
瀾　266（上）
潆　266（上）
【十七畫】
瀟　266（上）
瀅　266（上）
瀚　266（上）
瀕　266（上）
【十六畫】
瀉　266（上）
濺　265（下）

【十九畫】
灘　266（下）
灑　266（下）
【廿二畫】
灣　266（下）
【廿八畫】
灎　266（下）
火部
火　267（上）
【二畫】
灰　267（上）
【三畫】

炭　268（上）
炮　268（上）
炳　267（下）
【五畫】
炎　267（下）
炊　267（下）
炒　267（下）
炙　267（下）
【四畫】
災　267（上）
灼　267（上）
灸　267（上）

烜　268（下）
烘　268（下）
烤　268（下）
烈　268（下）
烙　268（下）
【六畫】
炰　268（上）
炤　268（上）
炫　268（上）
炸　268（上）
炯　268（上）
炬　268（上）

焯　270（上）
焦　269（下）
焜　269（下）
焚　269（下）
【八畫】
烺　269（下）
焉　269（上）
烽　269（上）
烹　269（上）
【七畫】
烏　268（下）
烝　268（下）

64

【九畫】

琵 287（下）　琳 287（下）　珺 287（下）　琨 288（上）　琥 288（上）　琚 288（上）　琦 288（上）　琴 288（上）　琛 288（上）　琮 288（上）　琰 288（下）

瑁 288（下）　瑚 288（下）　瑕 288（下）　瑞 288（下）　瑟 288（下）　瑛 289（上）　瑜 289（上）　瑗 289（上）　瑱 289（上）　瑰 289（上）　瑣 289（上）　瑤 289（上）

瑩 289（上）

【十一畫】

璃 289（下）　璉 289（下）　璆 289（下）　瑾 289（下）　璇 289（下）　璋 289（下）

【十二畫】

璞 289（下）　璠 289（下）　璘 290（上）

瓏 290（下）

【十七畫】

瓊 290（下）　璹 290（下）　璽 290（上）

【十四畫】

璵 290（上）　璩 290（上）　環 290（上）　璫 290（上）　璣 290（上）　璜 290（上）

瓜部

瓜 290（下）

【五畫】瓝 290（下）

【十一畫】瓢 291（上）

【十二畫】瓣 291（上）

【十七畫】瓤 291（上）

瓦部

瓦 291（上）

瘋 301（上）　痢 301（上）　瘍 301（上）

【十畫】

癜 301（上）　瘠 301（上）　瘡 301（下）　瘦 301（下）　瘟 301（下）

【十一畫】

瘻 301（下）　瘸 301（下）

療 301（下）　瘴 301（下）　瘳 302（上）

【十二畫】

癆 302（上）　癌 302（上）

【十三畫】

癖 302（上）　癡 302（上）

【十五畫】

癢 302（下）　癩 302（下）

【十六畫】

癟 302（下）

【十七畫】

癬 302（下）

【十八畫】

癉 302（下）　癮 303（上）

【十九畫】

癲 303（上）　癱 303（上）

癩 302（下）　癜 302（下）

癶部

【四畫】

癸 303（上）

【七畫】

登 303（下）　發 303（下）

白部

白 304（上）

【一畫】

百 304（上）

【二畫】

皁 304（下）

【三畫】

的 304（下）

【四畫】

皈 304（下）　皇 304（下）　皆 304（下）

【五畫】

皋 305（上）

【六畫】

皎 305（上）

【七畫】

皕 305（上）　皓 305（上）

索引（續）

右起第一列（白部・皮部）：

皖　305（下）
【十畫】皚　305（下）
【十二畫】皤　305（下）
【十三畫】皦　305（下）
【皮部】
皮　306（上）
【七畫】皴　306（上）
【十畫】

皺　306（上）
【皿部】
皿　306（下）
【三畫】盂　306（下）
【四畫】盆　306（下）
盅　306（下）
【五畫】盈　307（上）
盉　307（上）
益　307（上）

盎　307（上）
【六畫】
盔　307（下）
蠱　307（下）
盒　307（下）
盛　307（下）
【七畫】
盜　308（上）
【八畫】
盟　308（上）
盞　308（上）
監　308（下）

盡　308（下）
【十畫】盤　308（下）
【十一畫】盧　309（上）
【目部】
目　309（上）
【三畫】直　309（上）
【四畫】盼　309（下）
眉　309（下）

眊　309（下）
眇　310（上）
昒　310（上）
眈　310（上）
盾　310（上）
看　310（上）
盼　310（上）
相　310（上）
省　310（下）
【五畫】
眠　310（下）
眩　310（下）

眨 310（下）　真 310（下）　眙 311（上）　智 311（上）

【六畫】

眜 311（上）　眺 311（下）　眷 311（下）　衆 311（下）　眸 312（上）　眵 312（上）　眴 312（上）

眼 312（上）

【七畫】

睇 312（上）

【八畫】

睦 312（上）　督 312（下）　睞 312（下）　睫 312（下）　睛 312（下）　睜 312（下）　睡 312（下）　睢 312（下）

睥 312（下）

【九畫】

瞀 313（上）　瞄 313（上）　睽 313（上）

【十畫】

睿 313（上）　瞑 313（上）　瞌 313（上）　瞎 313（上）

【十一畫】

瞟 313（下）

瞞 313（下）　瞠 313（下）　瞥 313（下）

【十二畫】

瞪 313（下）　瞳 313（下）　瞰 314（上）　瞧 314（上）　瞬 314（上）

【十三畫】

瞽 314（上）　瞻 314（上）

瞿 314（上）

【十九畫】

矗 314（下）

【矛部】

矛 314（下）

【四畫】

矜 314（下）

【矢部】

矢 314（下）

【二畫】

矣 315（上）

【三畫】

石部

磻 318（下）
磽 318（下）
【十三畫】
礎 319（上）
【十四畫】
礙 319（上）
【十五畫】
礫 319（上）
礪 319（上）
礦 319（上）
【十七畫】
礓 319（下）

礴 319（下）
示部
示 319（下）
【三畫】
祁 319（下）
社 319（下）
祀 320（上）
【四畫】
祈 320（上）
祇 320（上）
祉 320（下）
祊 320（下）

【五畫】
祕 320（下）
祗 320（下）
祝 320（下）
神 320（下）
祖 321（上）
祚 321（上）
祠 321（上）
祜 321（上）
崇 321（下）
祐 321（下）
【六畫】

票 321（下）
祧 321（下）
祭 321（下）
祥 322（上）
【八畫】
祿 322（上）
祼 322（下）
禁 322（下）
祺 322（下）
【九畫】
福 322（下）
禔 323（上）

禍 323（上）
禧 323（上）
【十二畫】
禪 323（上）
【十三畫】
禮 323（下）
【十四畫】
禰 323（下）
禱 323（下）
禸部
【四畫】
禺 323（下）

72

笈 334（下）　笑 334（下）　【五畫】　笨 334（下）　筍 334（下）　等 335（上）　范 335（上）　符 335（上）　筐 335（上）　笛 335（上）　第 335（上）　笞 335（上）

笠 335（下）　笳 335（下）　笙 335（下）　筍 335（下）　【六畫】　筆 335（下）　筏 335（下）　答 335（下）　等 335（下）　筒 336（上）　筐 336（上）　笄 336（上）

【八畫】　筠 336（下）　筵 336（下）　筲 336（下）　筬 336（下）　筱 336（下）　筷 336（上）　【七畫】　筍 336（上）　策 336（上）　筌 336（上）　筋 336（上）

筻 337（下）　範 337（下）　篇 337（下）　【九畫】　算 337（上）　筮 337（上）　箏 337（上）　箋 337（上）　箕 337（上）　箜 336（下）　管 336（下）　箔 336（下）

簍 338（上）　篙 338（上）　篤 338（上）　篦 338（上）　【十畫】　箬 338（上）　篆 338（上）　箴 338（上）　箱 337（下）　箧 337（下）　箭 337（下）　節 337（下）

篳	簧	簟	【十二畫】	簍	簒	篋	篷	【十一畫】	纂	篩	築
339（上）	339（上）	338（下）		338（下）	338（下）	338（下）	338（下）		338（下）	338（下）	338（上）

籌	籃	籍	【十四畫】	籀	簽	簾	簿	簸	【十三畫】	簫	簡
339（下）	339（下）	339（下）		339（下）	339（下）	339（上）	339（上）	339（上）		339（上）	339（上）

粉	【四畫】	籽	【三畫】	米	米部	籬	【十九畫】	籤	【十七畫】	籠	【十六畫】
340（下）		340（下）		340（上）		340（上）		340（上）		339（下）	

粱	粳	【七畫】	粵	粟	粢	粥	【六畫】	粗	粘	粒	【五畫】
341（下）	341（下）		341（上）	341（上）	341（上）	341（上）		341（上）	341（上）	340（下）	

糉	糕	糖	【十畫】	糅	糊	【九畫】	粹	粽	精	【八畫】	粲
342（上）	342（上）	342（上）		342（上）	342（上）		342（上）	342（上）	341（下）		341（下）

【二畫】	糸部	糯 343(上)	【十三畫】	糧 343(上)	【十二畫】	糙 342(下)	糟 342(下)	糠 342(下)	糞 342(下)	糜 342(下) 【十一畫】
紐 344(上)	納 344(上)	紡 344(上)	紛 344(上)	【四畫】	約 343(下)	紈 343(下)	紉 343(下)	紀 343(下)	紅 343(下)	【三畫】 糾 343(上)
【五畫】	紜 344(下)	紮 344(下)	紋 344(下)	索 344(下)	素 344(下)	紝 344(下)	紗 344(下)	純 344(下)	紕 344(上)	紙 344(上) 級 344(上)
統 345(下)	【六畫】	組 345(下)	紫 345(下)	紳 345(下)	紹 345(下)	終 345(上)	細 345(上)	紺 345(上)	曓 345(上)	給 345(上) 紱 345(上)
綁 346(下)	【七畫】	絲 346(下)	絨 346(下)	絮 346(下)	絕 346(下)	絳 346(上)	絞 346(上)	結 346(上)	給 346(上)	絡 346(上) 絰 346(上)

綱	綠	綸	綾	緋	【八畫】	綏	綃	絹	經	綑	綆
347(下)	347(下)	347(上)	347(上)	347(上)		347(上)	347(上)	347(上)	346(下)	346(下)	346(下)
縣	紗	編	【九畫】	網	綰	維	綜	緇	綬	綢	綺
348(上)	348(上)	348(上)		348(上)	348(上)	347(下)	347(下)	347(下)	347(下)	347(下)	347(下)
緯	緦	緒	綫	緝	緘	緩	緱	練	緞	締	緬
349(上)	349(上)	349(上)	349(上)	348(下)	348(下)	348(下)	348(下)	348(下)	348(下)	348(下)	348(下)
繃	【十一畫】	縕	縈	縝	縐	縣	縑	縞	縛	【十畫】	緣
350(上)		349(下)	349(下)	349(下)	349(下)	349(下)	349(下)	349(上)	349(上)		349(上)
【十二畫】	縮	繅	縱	總	績	縷	縫	繁	縵	繆	標
	350(下)	350(下)	350(下)	350(下)	350(上)	350(上)	350(上)	350(上)	350(上)	350(上)	350(上)

繭 351（下）　繫 351（下）　繮 351（上）　繳 351（上）　繪 351（上）　【十三畫】　繪 351（上）　繞 351（上）　繕 351（上）　織 351（上）　繡 350（下）　繚 350（下）

【十六畫】　續 352（上）　纇 352（上）　【十五畫】　纂 352（上）　繼 351（下）　【十四畫】　繽 351（下）　辮 351（下）　繹 351（下）　繰 351（下）　繩 351（下）

缺 353（上）　【四畫】　缸 352（下）　【三畫】　缶 352（下）　缶部　纜 352（下）　【廿一畫】　纓 352（下）　【十七畫】　纔 352（上）　纖 352（上）

【五畫】　罘 353（下）　罔 353（下）　【四畫】　罕 353（下）　【三畫】　网 353（上）　网部　罐 353（上）　【十七畫】　罄 353（上）　【十一畫】

【十四畫】　罵 354（下）　罷 354（下）　【十畫】　署 354（上）　罰 354（上）　【九畫】　罪 353（下）　罩 353（下）　置 353（下）　【八畫】　罟 353（下）

羅 354（下）	【十九畫】	羈 354（下）	羊部	羊 355（上）	【二畫】	羌 355（上）	【三畫】	美 355（下）
【四畫】	羔 355（下）	殺 355（下）						

【五畫】	羞 356（上）	【七畫】	群 356（上）	羨 356（上）	義 356（上）	【十畫】	羲 356（下）	【十三畫】	羹 356（下）	羸 356（下）
羽部										

羽 357（上）	【三畫】	羿 357（上）	【四畫】	翅 357（上）	翁 357（上）	【五畫】	翎 357（下）	習 357（下）	翊 357（下）	【六畫】
翁 358（上）										

翔 358（上）	【八畫】	翡 358（上）	翟 358（上）	翠 358（下）	【九畫】	翩 358（下）	翬 358（下）	翦 358（下）	翮 358（下）	【十畫】
翰 358（下）										

【十二畫】	翻 359（上）	翹 359（上）	翼 359（上）	【十四畫】	耀 359（上）	老部	老 359（下）	考 359（下）
【五畫】	者 360（上）	而部						

而 360（上）
【三畫】
奀 360（下）
耐 360（下）
耍 360（下）
【耒部】
【四畫】
耙 360（下）
耕 361（上）
耗 361（上）
耘 361（上）
【耳部】

耳 361（上）
【三畫】
取 361（下）
【四畫】
耽 361（下）
耿 361（下）
【五畫】
聊 362（上）
聘 362（上）
聆 362（上）
【六畫】
聒 362（上）

【七畫】
聘 362（上）
聖 362（上）
【八畫】
聚 362（下）
聞 362（下）
【十一畫】
聯 363（上）
聲 363（上）
聰 363（上）
聳 363（上）
【十二畫】

聶 363（上）
職 363（下）
聽 363（下）
【十六畫】
聾 363（下）
【聿部】
肁 363（下）
【七畫】
肆 364（下）
肄 364（下）
【八畫】
肅 364（下）

肇 364（下）
【肉部】
肉 364（下）
【二畫】
肋 364（下）
肌 364（下）
【三畫】
肚 364（下）
肝 364（下）
肛 365（上）
肓 365（上）
肘 365（上）

【四畫】

字	頁
肫	365（下）
肢	365（下）
胅	365（下）
肩	365（下）
肯	365（下）
肱	365（下）
股	365（下）
朒	365（上）
肪	365（上）
肺	365（上）
肥	365（上）

【五畫】

字	頁
胸	366（下）
胠	366（下）
胡	366（下）
胎	366（上）
胖	366（上）
胚	366（上）
胞	366（上）
背	366（上）
肧	366（上）
育	366（上）
肴	365（下）

【六畫】

字	頁
脊	367（下）
胯	367（下）
能	367（下）
脈	367（下）
胼	367（下）
胃	367（上）
胤	367（上）
胙	367（上）
胄	367（上）
胝	367（上）
胥	366（下）

【七畫】

字	頁
脘	368（下）
脫	368（下）
脛	368（下）
脯	368（上）
脬	368（上）
胭	368（上）
脆	368（上）
脂	368（上）
胸	368（上）
脅	368（上）
脁	368（上）

【八畫】

字	頁
腌	369（上）
腕	369（上）
腎	369（上）
脹	369（上）
腊	369（上）
腔	369（上）
腆	369（上）
腑	368（下）
腐	368（下）
脾	368（下）
脝	368（下）

膀 370（上）
膊 370（上）
【十畫】
腰 369（下）
腮 369（下）
腸 369（下）
腫 369（下）
腥 369（下）
脚 369（下）
腦 369（下）
腹 369（上）
【九畫】

膳 370（下）
膩 370（下）
膰 370（下）
【十二畫】
膝 370（下）
膠 370（下）
膜 370（下）
膚 370（上）
【十一畫】
膏 370（上）
膂 370（上）
腿 370（上）

【十五畫】
臏 371（下）
【十四畫】
膻 371（上）
膺 371（上）
臉 371（上）
膾 371（上）
膿 371（上）
臀 371（上）
膽 371（上）
臂 370（下）
【十三畫】

自 372（下）
【自部】
臨 372（下）
【十一畫】
臧 372（上）
【八畫】
臥 372（上）
【二畫】
臣 371（下）
【臣部】
臍 371（下）
臘 371（下）

【臼部】
臻 373（下）
【十畫】
臺 373（上）
【八畫】
致 373（上）
【四畫】
至 373（上）
【至部】
臭 373（上）
臬 372（下）
【四畫】

花	芙	芳	芬	芭	【四畫】	芋	芍	芒	【三畫】	艾	【二畫】
379(上)	379(上)	379(上)	379(上)	379(上)		379(上)	378(下)	378(下)		378(下)	

茉	苞	【五畫】	芮	芽	芷	芝	芯	苓	芹	芺	芥
380(上)	380(上)		379(下)	379(下)	379(下)	379(下)	379(下)	379(下)	379(下)	379(下)	379(下)

苗	茄	苴	苦	苛	苟	苔	苻	范	苗	茂	茅
381(上)	381(上)	380(下)	380(下)	380(下)	380(下)	380(下)	380(下)	380(下)	380(上)	380(上)	380(上)

茼	荽	荔	荑	茯	茗	茳	茫	【六畫】	苑	英	若
381(下)	381(下)	381(下)	381(下)	381(下)	381(下)	381(下)	381(上)		381(上)	381(上)	381(上)

茸	茹	茬	茶	茉	荀	荇	荃	茜	荊	菱	荒
382(下)	382(下)	382(下)	382(下)	382(下)	382(上)	382(上)	382(上)	382(上)	382(上)	381(下)	381(下)

茶	荻	莆	莫	莘	莩	【七畫】	茵	苃	草	茨	茲
383(下)	383(下)	383(下)	383(下)	383(上)	383(上)		383(上)	383(上)	383(上)	383(上)	382(下)
莞	莠	莪	莎	莘	莊	莧	苣	莖	荷	莉	苙
384(下)	384(下)	384(下)	384(下)	384(下)	384(上)	384(上)	384(上)	384(上)	384(上)	383(下)	383(下)
茹	菱	菟	萄	菖	菲	萌	菩	萍	菠	【八畫】	荞
385(下)	385(下)	385(下)	385(下)	385(上)	385(上)	385(上)	385(上)	385(上)	385(上)		384(下)
菽	菖	萁	蔞	菌	菊	葅	菁	菅	華	菡	菰
386(下)	386(下)	386(下)	386(下)	386(上)	386(上)	386(上)	386(上)	386(上)	385(下)	385(下)	385(下)
蒂	葑	葡	葩	葆	【九畫】	萎	菘	葵	萃	菜	菌
387(上)	387(上)	387(上)	387(上)	387(上)		387(上)	386(下)	386(下)	386(下)	386(下)	386(下)

蓲	著	萱	蒽	茸	莜	菫	胡	葛	落	董	葵
388（上）	388（上）	388（上）	388（上）	388（上）	388（上）	388（上）	388（上）	387（下）	387（下）	387（下）	387（上）

蒲	蒝	蒓	蓖	蓓	【十畫】	萬	葦	葉	萼	葱	葬
389（下）	389（上）	389（上）	389（上）	389（上）		388（下）	388（下）	388（下）	388（下）	388（下）	388（下）

蒼	蓉	蓐	蒔	蒸	蒹	蓄	蒺	蒿	蒯	蓋	蒙
390（下）	390（下）	390（下）	390（下）	390（下）	390（下）	390（上）	390（上）	390（上）	390（上）	389（下）	389（下）

蔣	蔻	蓮	蔞	蔑	蔓	蓬	蔔	【十一畫】	蓀	蒜	蓑
391（下）	391（下）	391（下）	391（上）	391（上）	391（上）	391（上）	391（上）		391（上）	391（上）	390（下）

蕉	蕩	蕃	蔽	蕙	【十二畫】	蔚	蔭	蓿	蔡	蔬	蔗
392（上）	392（上）	392（上）	392（上）	392（上）		392（上）	392（上）	392（上）	391（下）	391（下）	391（下）

索引（草部・虍部）

字	頁
蕨	392（下）
蕤	392（下）
蕊	392（下）
蕪	392（下）
蕎	392（下）
蕭	392（下）
【十三畫】	
薄	392（下）
薛	393（上）
蕾	393（上）
薅	393（上）
薨	393（上）

字	頁
薊	393（上）
薔	393（上）
薙	393（上）
薪	393（上）
蕗	393（上）
薛	393（下）
薏	393（下）
薇	393（下）
【十四畫】	
藐	393（下）
藍	393（下）
【十五畫】	

字	頁
藉	394（上）
薰	394（上）
藏	394（上）
薩	394（上）
薺	394（上）
藩	394（上）
藝	394（下）
藤	394（下）
藜	394（下）
藕	394（下）
藥	394（下）
【十六畫】	

字	頁
蘋	394（下）
蘑	395（上）
藺	395（上）
蘆	395（上）
龍	395（上）
蘅	395（上）
藿	395（上）
藻	395（上）
蘇	395（上）
藹	395（下）
蘊	395（下）
【十七畫】	

字	頁
蘭	395（下）
蘚	396（上）
【十九畫】	
蘿	396（上）
蘸	396（上）
虍部	
虎 **【二畫】**	396（上）
虐 **【三畫】**	396（下）
虜 **【四畫】**	396（下）
虔	396（下）

88

虫部

【五畫】
彪 397（上）　處 397（上）

【六畫】
虖 397（下）　虛 397（下）

【七畫】
號 397（下）　虞 398（上）

【十一畫】
虧 398（上）

虫 398（下）

【二畫】
虬 398（下）

【三畫】
虻 398（下）　虺 398（下）　虹 398（下）

【四畫】
蚌 399（上）　蚍 399（上）　蚨 399（上）　蚪 399（上）

蚣 399（上）　蚩 399（上）　蚋 399（上）　蚤 399（上）　蚓 399（下）　蚊 399（下）

【五畫】
蛋 399（下）　蛉 399（下）　蚯 399（下）　蛆 399（下）　蚱 399（下）

蛀 400（上）　蚰 400（上）　蛇 400（上）

【六畫】
蛤 400（上）　蛔 400（上）　蛟 400（上）　蛩 400（上）　蛭 400（上）　蛛 400（下）　蛙 400（下）

【七畫】

蜂 400（下）　蜉 400（下）　蜊 400（下）　蛺 400（下）　蛸 400（下）　蜇 400（下）　蜈 401（上）　蜄 401（上）　蜀 401（上）　蛻 401（上）　蛾 401（上）

89

蜡	蜘	蜻	蜾	蜩	蜚	蜜	蝱	【八畫】	蛹	蜈
401(下)	401(下)	401(下)	401(下)	401(下)	401(下)	401(下)	401(下)		401(上)	401(上)

蝣	蝕	螽	蝎	蝤	蝗	蝴	蝌	蝙	蝸	蝶	蝠
402(下)	402(下)	402(下)	402(下)	402(上)	402(上)	402(上)	402(上)	402(上)	402(上)	402(上)	402(上)

螳	【十一畫】	螈	螢	螄	融	螓	螗	螞	螃	【十畫】	蝨
403(上)		403(上)	403(上)	403(上)	403(上)	403(上)	402(下)	402(下)	402(下)		402(下)

蟬	蟢	蟥	蟒	蟠	【十二畫】	螯	蟑	蟀	蟋	螫	螺
404(上)	404(上)	404(上)	403(下)	403(下)		403(下)	403(下)	403(下)	403(下)	403(下)	403(下)

【十五畫】	蠓	【十四畫】	蠅	蟻	蟾	蟹	蠃	【十三畫】	蟯	蟮	蟲
	404(下)		404(下)	404(下)	404(下)	404(上)	404(上)		404(上)	404(上)	404(上)

角部

【十八畫】
觀 414（下）

角 414（下）

【五畫】
舦 414（下）

【六畫】
解 415（上）

【十一畫】
觴 415（上）

【十三畫】
觸 415（下）

言部

言 415（下）

【二畫】
訃 416（上）
訂 416（上）
訇 416（上）
計 416（上）

【三畫】
討 416（下）
託 416（下）
訌 416（下）
記 416（下）

訖 416（下）
訊 417（上）
訓 417（上）
訒 417（上）

【四畫】
訪 417（上）
訥 417（上）
訣 417（上）
許 417（下）
訟 417（下）
訛 417（下）
訝 417（下）

設 417（下）

【五畫】
評 417（下）
詆 417（下）
詁 418（上）
詰 418（上）
詞 418（上）
詎 418（上）
詘 418（上）
詞 418（上）
詐 418（上）
詔 418（上）
診 418（上）

詛 418（上）
詞 418（下）
訴 418（下）
詒 418（下）
詠 418（下）
証 418（下）

【六畫】
該 418（下）
詬 418（下）
誄 419（上）
詭 419（上）
誇 419（上）

93

誆 話 詠 詰 詮 詳 詡 詢 詹 誅 詫 誠
419(上) 419(上) 419(上) 419(上) 419(上) 419(上) 419(下) 419(下) 419(下) 419(下) 419(下) 420(上)

詩 試 詣 【七畫】 誕 誥 誑 誨 誠 誚 誓 認
420(上) 420(上) 420(上) 420(上) 420(下) 420(下) 420(下) 420(下) 420(下) 420(下)

誦 說 誘 誣 誤 語 【八畫】 誹 談 調 諒 論
420(下) 421(上) 421(上) 421(上) 421(上) 421(上) 421(上) 421(下) 421(下) 421(下) 421(下)

課 諍 請 諄 諂 誰 諗 誶 諛 誼 【九畫】 謀
421(下) 421(下) 422(上) 422(上) 422(上) 422(上) 422(上) 422(上) 422(上) 422(下) 422(下)

諷 諾 諱 諸 謚 諺 謂 諛 諭 【十畫】 謗 謚
422(下) 422(下) 422(下) 423(上) 423(上) 423(上) 423(上) 423(上) 423(下) 423(下) 423(下)

豪 【七畫】 429（上）

豫 【十畫】 429（上）

豸部

豹 【三畫】 429（下）

豺 429（下）

貂 【五畫】 430（上）

貊 【六畫】 430（上）

貉 430（上）

貅 430（上）

貌 【七畫】 430（上）

貓 【九畫】 430（下）

貛 【十八畫】 430（下）

貝部

貝 430（下）

負 【二畫】 431（上）

貞 431（上）

貢 【三畫】 431（上）

財 431（上）

貧 【四畫】 431（下）

販 431（下）

貪 431（下）

貫 431（下）

貨 432（上）

責 432（上）

貶 432（上）

買 【五畫】 432（上）

貿 432（上）

貸 432（上）

費 432（下）

貼 432（下）

貴 432（下）

貺 433（上）

賀 433（上）

貯 433（上）

貳 433（上）

貽 433（上）

賃 【六畫】 433（上）

賂 433（下）

賅 433（下）

賄 433（下）

賈 433（下）

資 433（下）

賊 433（下）

賓 【七畫】 434（上）

賑 434（上）

賒 434（上）

【八畫】

賠 434（下）
賣 434（下）
賦 434（下）
賾 434（下）
賤 434（下）
賢 434（下）
質 435（上）
賬 435（上）
賞 435（上）
賜 435（上）

【九畫】

賭 435（下）
賴 435（下）

【十畫】

賻 435（下）
購 435（下）
賺 435（下）
賽 436（上）
贅 436（上）

【十二畫】

贊 436（上）
贈 436（上）
贋 436（上）

【十三畫】

贍 436（上）
贏 436（下）

【十四畫】

贓 436（下）

【十五畫】

贖 436（下）

【十七畫】

贛 436（下）

赤部

赤 437（上）

【四畫】

赦 437（上）

【五畫】

赧 437（上）

【七畫】

赫 437（下）

走部

走 437（下）
赴 437（下）
趄 437（下）

【二畫】

起 438（上）

【三畫】

【五畫】

趄 438（上）
超 438（上）
趁 438（下）
越 438（下）

【七畫】

趕 438（下）
趙 438（下）

【八畫】

趨 439（下）
趣 439（下）

【十畫】

足部（續）

蹶 443（上）　蹺 443（上）　蹭 443（上）　蹴 443（上）　蹻 443（下）

【十三畫】
蹹 443（下）　躁 443（下）　躅 443（下）

【十四畫】
躋 443（下）　躊 443（下）　躍 443（下）

【十五畫】
躑 444（上）　躓 444（上）

【十八畫】
躡 444（上）

身部
身 444（上）

【三畫】
躬 444（下）

【六畫】
躲 444（下）

【八畫】
躺 445（上）

【十一畫】
軀 445（上）

車部
車 445（上）

【一畫】
軋 445（下）

【二畫】
軍 445（下）　軌 445（下）

【三畫】
軒 446（上）

【四畫】
軟 446（上）

【五畫】
軻 446（下）　軸 446（下）　軫 446（下）　軼 446（下）　軺 446（下）

【六畫】
較 446（下）　輅 446（下）　輈 446（下）　軾 447（上）　載 447（上）

【七畫】
輔 447（上）　輕 447（上）　輒 447（下）

【八畫】
輩 447（下）　輦 447（下）　輛 447（下）　輞 447（下）

轉 448（下）　轆 448（下）　【十一畫】　轅 448（下）　輿 448（下）　輾 448（下）　轄 448（下）　【九畫】　輜 448（上）　輝 448（上）　輟 447（下）　輪 447（下）

【七畫】　辟 449（下）　【六畫】　辜 449（下）　【五畫】　辛 449（上）　辛部　轟 449（上）　【十四畫】　轎 449（上）　轔 449（上）　【十二畫】

辱 451（上）　【三畫】　辰 450（下）　辰部　辯 450（下）　【十四畫】　辭 450（上）　【十二畫】　辨 450（上）　辦 450（上）　【九畫】　辣 450（上）

迓 452（下）　【四畫】　迂 452（上）　迅 452（上）　巡 452（上）　迄 452（上）　【三畫】　辵部　蕽 451（下）　【八畫】　農 451（上）　【六畫】

逝 453（上）　述 453（上）　迴 453（上）　迢 453（上）　迭 453（上）　迪 453（上）　迨 453（上）　迫 452（下）　【五畫】　返 452（下）　迎 452（下）　近 452（下）

	【六畫】
迸	453（上）
迷	453（下）
逃	453（下）
退	453（下）
逆	453（下）
迄	454（上）
迴	454（上）
迹	454（上）
迺	454（上）
追	454（上）
送	454（上）

	【七畫】
逋	454（上）
逢	454（下）
逗	454（下）
透	454（下）
逖	454（下）
途	455（上）
通	455（上）
連	455（上）
逛	455（下）
述	455（下）
逡	455（下）

	【八畫】
逍	455（下）
這	455（下）
逐	455（下）
逞	455（下）
逝	455（下）
造	456（上）
速	456（上）
遂	456（上）
逮	456（下）
逯	456（下）
進	456（下）

	【九畫】
透	456（下）
逸	457（上）
逼	457（上）
遍	457（上）
達	457（上）
道	457（上）
遁	457（下）
遑	457（下）
逎	457（下）
過	458（上）
遐	458（上）

	【十畫】
遄	458（上）
遂	458（上）
遏	459（上）
違	459（上）
逾	459（上）
遊	459（上）
遇	459（上）
運	459（上）
遞	459（下）
遘	459（下）
遣	459（下）

遙 459（下）　遠 459（下）　【十一畫】　遮 460（上）　適 460（上）　遭 460（上）　【十二畫】　遼 460（下）　遷 460（下）　選 460（下）　遲 460（下）　遺 461（上）

【十三畫】　遵 461（上）　邂 461（下）　避 461（下）　還 461（下）　邁 461（下）　遽 461（下）　邅 461（下）　邀 461（下）　邃 461（下）　述 461（下）　【十四畫】

邇 462（上）　邐 462（上）　【十五畫】　邊 462（上）　邏 462（上）　【十九畫】　邏 462（上）　【邑部】　邑 462（下）　【三畫】　邕 462（下）

邛 462（下）　【四畫】　邢 462（下）　邦 463（上）　那 463（上）　邪 463（上）　【五畫】　邸 463（下）　邯 463（下）　邱 463（下）　邵 463（下）　【六畫】

郃 464（上）　郊 464（上）　郁 464（上）　郎 464（上）　郄 464（上）　邽 464（下）　【七畫】　郛 464（下）　郜 464（下）　郗 464（下）　郐 464（下）

酪【六畫】酪471（上）　酪471（上）　酬471（上）

【七畫】酷471（上）　醒471（上）　酸471（上）

【八畫】醉471（下）　醋471（下）

【九畫】

醍471（下）　醒471（下）

【十畫】醖471（下）

【十一畫】醬471（下）　醫472（上）

【十三畫】醴472（上）　釀472（上）　醳472（上）

【十七畫】

釀472（上）【十九畫】釁472（下）

采部

采472（下）【十三畫】釋472（下）

里部

里472（下）【二畫】重473（上）

【四畫】

野473（上）【七畫】釐473（下）

金部

金473（下）【二畫】釜474（下）　釘474（下）　釗474（下）　針474（下）

【三畫】釦474（下）

釣474（下）釵475（上）　釧475（上）　釬475（上）

【四畫】欽475（上）　鈄475（上）　鉄475（上）　鈍475（下）　鈉475（下）　鈕475（下）　鈣475（下）

字	頁碼
鈞	475（下）
鈐	475（下）
鈔	475（下）
【五畫】	
鉥	476（上）
鉢	476（上）
鈹	476（上）
鈿	476（上）
鈴	476（上）
鉤	476（上）
鈉	476（上）
鉛	476（上）
鉗	476（下）
鉉	476（下）
鉦	476（下）
鈾	476（下）
鈺	476（下）
鉞	476（下）
鉚	476（下）
【六畫】	
銘	476（下）
銅	477（上）
鉸	477（上）
銓	477（上）
銜	477（上）
銑	477（上）
釧	477（上）
銖	477（上）
銚	477（上）
銃	477（上）
銀	477（下）
【七畫】	
鋝	477（下）
鋪	477（下）
鋒	477（下）
鋁	477（下）
銲	477（下）
鋏	477（下）
鋌	477（下）
錂	478（上）
銷	478（上）
鋅	478（上）
鋤	478（上）
銼	478（上）
銳	478（上）
【八畫】	
錠	478（上）
錄	478（上）
鋼	478（下）
錦	478（下）
鋸	478（下）
錢	478（下）
錫	478（下）
錚	478（下）
錐	478（下）
錘	479（上）
鍁	479（上）
錙	479（上）
錯	479（上）
【九畫】	

鎔	鎊	【十畫】	鍬	錫	鍾	鍥	鍵	鍋	鍛	鍍	錨
480(上)	479(下)		479(下)	479(下)	479(下)	479(下)	479(下)	479(下)	479(上)	479(上)	479(上)
鏑	鏝	鏢	【十一畫】	鎢	鎰	鎖	鎔	鎮	鎬	鎧	鎦
480(下)	480(下)	480(下)		480(下)	480(下)	480(下)	480(上)	480(上)	480(上)	480(上)	480(上)
【十二畫】	鏖	鏞	鏃	鏘	鏟	鏘	鏡	鏗	鏈	鏤	鏜
	481(上)	481(上)	481(上)	481(上)	481(上)	481(上)	481(上)	481(上)	481(上)	480(下)	480(下)
鐲	鐫	鐮	鐵	鐸	鐺	【十三畫】	鐘	鏽	鏺	鐃	鐙
482(上)	482(上)	482(上)	482(上)	482(上)	482(上)		481(下)	481(下)	481(下)	481(下)	481(下)
鐵	鑰	【十七畫】	鑫	【十六畫】	鑣	【十五畫】	鑄	鑊	鑑	鑌	【十四畫】
483(上)	483(上)		482(下)		482(下)		482(下)	482(下)	482(下)	482(下)	

門部索引（部首檢字）

【十九畫】　鑼 483（上）　鑾 483（上）　鑽 483（上）
【二十畫】　鑿 483（上）　钁 483（下）

長部
長 483（下）

門部
【三畫】　門 484（下）

閃 484（下）
【三畫】　閉 485（上）　閎 485（上）　開 485（上）　閒 485（上）
間 485（下）　閑 485（下）　閏 485（下）
【五畫】　閘 485（下）
【六畫】

閫 485（下）　閥 486（上）　閣 486（上）　閨 486（上）　閡 486（上）
【七畫】　閤 486（上）　閩 486（上）　閬 486（上）　閱 486（下）
【八畫】　閻 486（下）

闉 486（下）　闇 486（下）
【九畫】　闌 486（下）　闊 486（下）　閡 487（上）
【十畫】　闒 487（上）　闐 487（上）　闔 487（上）　闕 487（上）　闖 487（上）

【十一畫】　關 487（上）
【十二畫】　闚 487（下）　闡 487（下）　闢 487（下）

阜部
阜 488（上）
【三畫】　阡 488（上）
【四畫】　防 488（上）

阮 488（上）

【五畫】
附 488（下）
阻 488（下）
阿 488（下）

【六畫】
陌 488（下）
陋 488（下）
陔 488（下）
降 489（上）
限 489（上）

【七畫】
陞 489（上）
陡 489（上）
陝 489（上）
陟 489（上）
陣 489（上）
除 489（下）
院 489（下）

【八畫】
陪 489（下）
陴 489（下）
陶 489（下）
陵 490（上）
陸 490（上）
陷 490（下）
陬 490（下）
陳 490（下）
陰 491（上）

【九畫】
隊 491（下）
隄 491（下）
隆 491（下）
階 492（上）
陽 492（上）

【十畫】
隔 492（下）
隙 492（下）
隘 492（下）
隕 493（上）

【十一畫】
際 493（上）
障 493（上）

【十三畫】
險 493（上）
隨 493（上）

【十四畫】
隱 493（上）

【十七畫】
隴 493（下）

隶部
隶 493（下）

【九畫】
隸 493（下）

隹部
隻 494（上）

【三畫】
雀 494（上）

【四畫】
雇 494（上）

雕	【八畫】	截	【六畫】	雊	雍	雋	【五畫】	雁	雅	雄	集
495(下)		495(下)		495(下)	495(上)	495(上)		494(下)	494(下)	494(下)	494(下)

雨部	離	難	【十一畫】	雞	雝	雜	雙	雛	【十畫】	雖	【九畫】
	496(下)	496(下)		496(上)	496(上)	496(上)	496(上)	496(上)		495(下)	

零	雷	電	雹	【五畫】	雲	雰	雯	【四畫】	雪	【三畫】	雨
498(上)	497(下)	497(下)	497(下)		497(下)	497(下)	497(下)		497(上)		497(上)

霓	霏	【八畫】	雩	震	霄	霆	霉	霈	【七畫】	需	【六畫】
498(下)	498(下)		498(下)	498(下)	498(上)	498(上)	498(上)	498(上)		498(上)	

霹	【十三畫】	霧	霑	【十一畫】	霜	霞	【九畫】	霍	霎	霖
499(下)		499(上)	499(上)		499(上)	499(上)		499(上)	498(下)	498(下)

青 500（下）	【青部】	靄 500（上）	靈 500（上）	靂 500（上）	【十六畫】 霽 500（上）	【十五畫】 霾 499（下）	【十四畫】 露 499（下）	霸 499（下）
【十一畫】 靠 501（下）	【七畫】 非 501（下）	【非部】	靜 501（上）	靛 501（上）	【八畫】 靚 501（上）	【七畫】 靖 500（下）	【五畫】	
鞋 502（下）	鞏 502（下）	【六畫】 靴 502（下）	靳 502（下）	靶 502（下）	【四畫】 革 502（上）	【革部】	面 502（上）	【面部】 靡 501（下）
韋 503（下）	【韋部】	鞮 503（下）	鞦 503（下）	鞣 503（下）	鞭 503（上）	【九畫】 鞠 503（上）	【八畫】 鞘 503（上）	【七畫】 鞍 503（上）
音 505（上）	【音部】	韭 504（下）	【韭部】	韞 504（下）	韜 504（下）	【十畫】 趨 504（下）	韓 504（上）	【九畫】 靭 503（下） 【三畫】

鼕 509（下）　【十六畫】顳 509（下）　【十八畫】顴 509（下）　風部　風 510（上）　【五畫】颮 510（上）　颯 510（下）　颶 510（下）

【九畫】颺 510（下）　【十畫】颶 510（下）　【十一畫】颼 510（下）　飄 510（下）　颺 511（上）　【十二畫】飀 511（上）　飛 511（上）　飛部　食部

食 511（下）　【二畫】飢 511（下）　【三畫】飧 511（下）　【四畫】飯 511（下）　飩 512（上）　飣 512（上）　飲 512（上）　【五畫】飽 512（上）

飾 512（上）　飼 512（上）　飴 512（上）　【六畫】餃 512（下）　餉 512（下）　餌 512（下）　養 512（下）　【七畫】餑 512（下）　餕 512（下）　餐 513（上）

餓 513（上）　【八畫】餅 513（上）　館 513（上）　餛 513（上）　餡 513（上）　餞 513（上）　【九畫】餬 513（下）　【十畫】餿 513（下）　餶 513（下）　餾 513（下）

驑 518（下）　騫 518（下）　騷 518（下）　【十一畫】　驃 518（下）　驀 518（下）　騾 518（下）　驅 519（上）　驂 519（上）　【十二畫】　驊 519（上）　驕 519（上）

驍 519（上）　驚 519（上）　驛 519（下）　驗 519（下）　【十四畫】　驟 519（下）　【十六畫】　驢 519（下）　驥 519（下）　【十七畫】　驤 520（上）　【十九畫】

驪 520（上）　骨部　骨 520（上）　【四畫】　骯 520（下）　【十一畫】　髏 520（下）　【十三畫】　體 520（下）　髒 520（下）　髓 520（下）　髑 521（上）

高部　高 521（上）　髟部　髡 521（下）　髦 521（下）　【三畫】　髻 521（下）　【四畫】　髦 521（下）　【五畫】　髫 522（上）　髯 522（上）　【六畫】

髻 522（上）　【七畫】　髻 522（上）　【八畫】　髦 522（上）　鬃 522（上）　鬆 522（下）　【十三畫】　鬟 522（下）　【十四畫】　鬢 522（下）　鬥部

鬥 522（下）　【五畫】 鬧 523（上）　鬯部 鬱 523（上）　鬲部 鬻 523（上）　鬼部　【三畫】 鬼 523（下）　【四畫】 魁 523（下）

魂 523（下）　【五畫】 魃 524（上）　魄 524（上）　魅 524（上）　【八畫】 魖 524（上）　魏 524（上）　魍 524（下）　【十一畫】 魔 524（下）　魑 524（下）

魚部　魚 524（下）　【四畫】 魴 525（上）　魯 525（上）　【五畫】 鮑 525（下）　鮒 525（下）　鮎 526（上）　鮏 526（上）　鮓 526（上）　【六畫】

鮮 525（上）　鮭 525（上）　鮚 525（上）　鮫 525（下）　【七畫】 鯉 526（下）　鯊 526（下）　鯁 526（下）　鮞 526（下）　【八畫】 鯤 526（下）　鯨 526（下）

鯧 527（上）　鰕 527（上）　【九畫】 鯿 527（上）　鯽 527（上）　鰈 527（上）　鰕 527（上）　鰍 527（上）　鰐 527（上）　鰓 527（下）　【十畫】 鰥 527（下）

鱔 528（上）　鱗 528（上）　鱉 528（上）　鱏 528（上）　【十二畫】　鰵 527（下）　鰻 527（下）　鰱 527（下）　【十一畫】　鰲 527（下）　鰜 527（下）　【十六畫】

鴇 529（下）　【四畫】　鳶 529（上）　鳳 529（上）　鳴 528（下）　【三畫】　鳩 528（下）　鳧 528（下）　【二畫】　鳥 528（下）　【鳥部】　鱸 528（上）

鴿 530（上）　【六畫】　鴛 530（上）　鴦 530（上）　鴨 529（下）　鴟 529（下）　鴒 529（下）　鴣 529（下）　鴕 529（下）　【五畫】　鴉 529（下）　鴆 529（下）

鶉 530（下）　鷗 530（下）　麃 530（下）　鵬 530（下）　【八畫】　鵒 530（下）　鵡 530（下）　鵝 530（下）　鵠 530（下）　鵑 530（上）　【七畫】　鴻 530（上）

鷁 531（下）　鶬 531（下）　鶿 531（下）　鶴 531（下）　【十畫】　鶯 531（上）　鶩 531（上）　鶡 531（上）　【九畫】　鶴 531（上）　鶡 531（上）　鵲 531（上）

鶯 531（下）

【十一畫】

族鳥 531（下）

鷗 531（下）

鶩 531（下）

【十二畫】

鶯 532（上）

鷺 532（上）

鵰 532（上）

【十三畫】

鸇 532（上）

鸛 532（上）

鷺 532（上）

鷹 532（上）

【十四畫】

獄鳥 532（下）

【十七畫】

鸛 532（下）

【十九畫】

鸞 532（下）

鹵部

【十四畫】

鹽 533（上）

鹿部

鹿 533（上）

麀 533（下）

【三畫】

麂 533（下）

【五畫】

麇 533（下）

麗 533（下）

麑 534（上）

麓 534（上）

【十畫】

麒 534（上）

【十三畫】

麝 534（上）

麟 534（上）

麥部

麥 534（上）

【四畫】

麵 534（下）

麩 534（下）

麻部

麻 534（下）

麼 534（下）

麾 534（下）

黂 534（下）

黃部

黃 535（上）

黍部

黍 535（下）

黎 535（下）

黏 535（下）

黑部

黑 536（上）

【三畫】

默 536（上）

【四畫】

黔 536（上）

默 536（上）

【九畫】	黥 537（上）	黨 537（上）	**【八畫】**	黟 536（下）	點 536（下）	**【六畫】**	黝 536（下）	黜 536（下）	點 536（下）	黛 536（下）	**【五畫】**

鼷 538（下）	鼠 538（下）	**鼠部**	鼓 538（上）	**鼓部**	鼎 537（下）	**鼎部**	鼈 537（下）	**黽部**	黼 537（下）	**黹部**	黯 537（上）

齟 540（上）	齡 540（上）	齠 540（上）	**【五畫】**	齒 539（下）	**齒部**	齊 539（上）	**齊部**	鼾 539（上）	鼻 538（下）	**鼻部**

龢 542（上）	**龠部**	龜 541（下）	**龜部**	龕 541（下）	龔 541（上）	龍 540（下）	**龍部**	齷 540（下）	**【九畫】**	齜 540（上）	**【七畫】**

篆刻篆書字典

一部

上		七		丁	一		
二畫					一畫		

万	三	丈		下			

1

四畫　丑　丂　　　　不　三畫

丙　丕　不　且　丘

2

世

丟

丞

五畫

亞

六畫

【丨部】

部

二畫

丫

三畫

中

六畫

串

【丶部】

、部

二畫

叉

丸

【、部】
丹主兵

【丿部】
乃久

一畫

丿部

兵

主

四畫

丹

三畫

丸

二畫

久

乃

5

【丿部】 之乏乎乍乒乖乘

之

三畫

乏

四畫

乎

乍

五畫

乒

七畫

乖

乘

九畫

6

乙部

乙

九　一畫

乜　二畫

乞

也

乳　七畫

乾　十畫

【乙部】

亂　十二畫

【亅部】　了 予 事

亅部

一畫　了

三畫　予

七畫　事

8

【二部】

二 于 互 井 五 雲 亘 況

二部

二 弍 煮 ...　一畫

于 　二畫

互

井　二畫

五

雲　四畫

亘　五畫

況

【二部】

些
亞
亟

六畫

亠部

一畫

亡

一畫

亠部

二畫
亢

四畫
亦
交

亥

	亨							
六畫	曾亯亭	五畫						

	享					京	氓	

11

亭

七畫

八畫

亮

毫

九畫

商

【人部】

人个今仆行仇什介仁

	今		个		人	人部
仝 爲 肏 氽 A 今	今 肏 肏 肏 肏 肏 亽	二畫	个 仆	一畫	乃 乃 己 入 己 乞 乃 己 爪 己	

	仁		介	什	仇	行	仆	
仁 虻 吏 仁 仮 己	仁 爲 广 座 什 仁	介 爲 亚 吊	爪 亦 巯 爪 巯 仏	什 什 什 仆	仗 仗	仆	仆	仓 用 仐 今 仐

代	付		仄		仍		

三畫

仙	仟				令	他	

【人部】

仗仕刃仔以份伐仿伙伏伎

份				以	仔	刃	仕	仗

四畫

伎				伏	伙	仿	伐

15

【人部】

价件企休仲任伊仰伍伯

任		仲		休	企	件	价

五畫

伯		伍	仰			伊

16

【人部】

伴佈佛但低佃佗佟你佞伶估何佇

佗	佃	低	但	佛	佈	伴	

佇			何	估	伶	佞	你	佟

17

【人部】

住佘伸作佐伺似佚佑余佩來

佚	似	伺		佐	作	伸	佘	住

來		佩			余	佑

六畫

18

【人部】

例侖供侃佳佺佼侈使侍

佳	侃	供		侖	例			

	侍		使		侈	佼	佺	

伙依俏仲侑保便傳俘俐侶侯

保			侑	仲	俏		依	伙

七畫

侯	侶	俐	俘	傳		便		

20

俊

俊俏侵係俠信

俊								

信		俠	係		侵	俏		

俗	俟	促					

俳	俾	倍		俑		侮	俄

八畫

【人部】

促俟俗俄侮俑倍俾俳

22

【人部】

們俸俯倒倘俶偶倪倆倫個官借

偶	俶	倘		倒		俯	俸	們

(上段：各楷書字頭下為篆文字形)

借	官	個			倫	倆		倪

(下段：各楷書字頭下為篆文字形)

值		修	倩	倦	倔	俱		候

倚	俺			倉	倏	倀	倡	倬

24

【人部】

倭偏偷停假偕健偵

九畫

倭　偏　偷　停　假　偕　健　偵

25

做側偶偃偎偉備傍傣傅

十畫		偉	偎		偃	偶	側	做

		傅	傣	傍			備

【人部】

傀傑傖傘僂僅傾僊債傅傷催傲

十一畫

僊	傾	僅	僂		傘	傖	傑	傀

	催	傲				傷	傅	債

備僕僮僚僥僖像僑僧偽僻

僥	僚	僮				僕	十二畫	備

（十二畫 上段 篆字）

僻	十三畫	偽	僧		僑	像		僖

（十三畫 下段 篆字）

28

【人部】

儋儂儈價儉僵傻儀億儔儒

傻	僵		儉	價	儈	儂		儋

儀	億	儔	儒

十四畫

29

【人部】　僵償優儲儻儷儼

十五畫

僵

償

優

儲　十八畫

儻　十九畫

【儿部】　儿元

儷

儼　二十畫

儿部

儿　二畫

元

30

【儿部】

允兄光先

允

三畫

兄

四畫

光

先

兜兆充兜兔兒克

		充			兆	兒		

		克		兌	免		兆	

五畫

【儿部】

兔兒兗党兜兟兢

六畫

兔

兒

七畫

兗

八畫

党

九畫

兜

十畫

兟

十二畫

兢

33

【入部】 入內氽全兩俞

入部

入

內
二畫

氽
四畫

全

兩
六畫

俞
七畫

34

八六兮公

兮	六		八		俞
		二畫		八部	前

公

三畫

六畫　　　　兵　　五畫　　　共　　四畫　　公

其　　　　　具　　　　　　典

冀

十四畫

冂部

三畫

冉

冊

【冂部】

四畫

再

七畫

冒

冑

九畫

【冖部】

冕

六畫

冠

八畫

冥

冢

冖部

冤

三畫

冫部

江

冬

四畫

冰

五畫

冷

冶

【冫部】 冽凋凍凌准凛凝

凛	十三畫	准	凌	凍	凋	八畫	冽	六畫

【几部】 几凡凭

凭	六畫	凡	几	一畫	几部	凝	十四畫

40

【几部】 凰凱凳

【凵部】 凶凸凹函

九畫　凰　皇

十畫　凱

十二畫　凱

凳

二畫

凵部

凶　三畫

凸

凹

函　六畫

41

【口部】【刀部】

刀刃分切刊列刑刎列

刀部

切	分	刃	刀		
切	分 分 用 分 分	二畫 刀 丐 刃 刧	一畫 刀 又 刀 刀	刀部	图 覣 图

三畫

刊 列 刑 刎 列

刎			刑		列	刊	
刎	荆 荆 荆 荆 荆 荆	荆 荆 恭 荆 彬 荆	荆 荆 劃 劃 荆 茸	刑 甹	列 荆 剂 剂 朳 剂	四畫	刊 荆 无 三畫

刪
利
初
判
刨
別

五畫

剞			刻	刮		到	六畫	券

前	剌	剃	七畫	剌	刷		制	券

44

【刀部】

削則剝剖剔剛剡副剪

剝	八畫				則	削		

剪　副　剡　九畫　剛　剔　剖

割創剝剽剿劃劈劉

十畫

割	創	剩	十一畫	剽	剿	十二畫	劃
劆劆劆劆劆劆	創削釛劷劷劷	艪隉隉膚		剽剽	劆劆劆劆劆		劆劆劆劆劆劆

十三畫

劈	劉							
劈	劉劉劉劉劉劉	劉劉劉劉劉劉	劉劉劉劉劉劉	劉劉劉劉劉劉	劉劉劉劉劉劉	劉劉劉劉劉劉	劉劉劉劉劉劉	劉劉劉劉劉劉

【刀部】

劇劊劍劑

劍　劊　劇

【力部】

力功

功　　力

三畫

力部

劑

十五畫

47

【力部】

加劣努劫劬助劾劼勃

劣		四畫			加			
五畫								

勃		劫	劾		助	劬	劼	努
	七畫			六畫				

48

【力部】

勉勁勇動勒勘勖務勞勛勝

九畫

勉 勁 勇 動 勒

十畫

勘 勖 務 勞 勛 勝

募勤勢勳勵

募

十一畫

勤

勢

十四畫

勳

十五畫

勵

【力部】

勸

【勹部】

勺勾勿勻包匆匊匍

勹部

十八畫

勸

一畫

勺

二畫

勾

勿

三畫

勻

包 匆

六畫

匊

七畫

匍

匕部

匕
二畫

化
三畫

北
九畫

匙

匚部

四畫

匡

匠

五畫　匼

八畫　匪

十一畫　滙

十二畫

十三畫　匵

匼

二畫

匚部

匹

九畫

匾

匿

區

十部

十　一畫

千

廿　升　二畫

卅　午　半　三畫

54

卉卑協卓卒南

卉

六畫

卑

協

卓

七畫

卒

南

55

【十部】博　【卜部】卜下卡占

博

十　畫

南

卜　部

博

南

二　畫

卜

下

三　畫

卜

卡

占

卜　部

56

六畫

卦　卦卦卦

卩部

二畫

卬　卬卬

三畫

卯　（卯卯卯卯卯）

厄　厄厄

印　印

卬

六畫

卵

五畫

危

四畫

卷 七畫

卸

卻

十畫

卿

厂厄厚原

厄	二畫	厂	厂部				

厄

原 | 八畫 | 厚 | | | | | | 七畫

厚

原

【厂部】

厥厭厲

【厶部】

去參

原

厥

十畫

厭

十二畫

厲

十三畫

ム部

三畫

去

參

九劃

又部

反	二畫	又	又部				

		友		及			

【又部】 受叔叛叟叢

六畫

受

叔

七畫

叛

八畫

叟

十六畫

叢

【口部】

口台另句古可叩叫只召

口部

二畫

口　台　　　另　句

古　可　叩　叫　只　召

63

司　　　　　　史　叱

右

名　三畫

司

史

叱

右

名

【口部】

吐同吏各合后吉吃吓向吁

吐	同			吏	各	合	
吐	同	同	同	吏	各	合	含

后	吉	吃	吓	向		吁
后	吉	吃	吓	向		吁

【口部】

吧否吠吩吞呐呂告吼含君

四畫

呂	呐	吞	吩	吠	否	吧	

君		含	吼		告		

吸吵呈吹吮呆呀吟吳

| 呆 | 吮 | 吹 | 呈 | 吵 | 吸 | | | |

| | | | | | | | 吳 | 吟 | 呀 |

吾吻命咆咐咄呢呱和呇

命			吻	吾			
命 命	𢓜 啹 命 命 命 命	命 吟 𤔲 鳥 吟 吟	五畫	吻 吻 吻 嗜 吻	吾 吾 吾 𦥑 𠮦	禹	𡆥 吾 吾 吾 吾	吴 吴 𡆥 𡆥 吴

呇	呼		和	呱	呢	咄	咐	咆
𠴫	呼	咊 味 和 咊 味 和	咊 味 味 咊 和 和	呱 呱 呱 嘷	呢 呢 呢 呢	咄 噡	咐	咆

【口部】

呾咀呷响周咒呻味咏品哆咷

周 | 响 | 呷 | 咀 | 呾

咒 | 呻 | 味 | 咏 | 六畫 | 品 | 哆 | 咷

咳哈哄咻咸咫咨哉咱咬咽哇

				咸	咻	哄	哈	咳

哇	咽	咬	咱		哉		咨	咫

【口部】

唄哺唐哪哥哽哭哼唏哮哲唇哨唆哦

七畫

哽	哥	哪			唐	哺	唄

哦	唆	哨	唇	哲	哮	唏	哼	哭

71

唉 唁 員 陶 啖 唾 啦 唳 唬 啟 啄 唱 售 啊

啦	唾	啖	陶	八畫	員	唁	唉

啊	售	唱	啄		啟	唬	唳

72

啜		問					唯	啞

喇	喃	啼	喋				單	九畫

【口部】

喝喉喊喙喚喈啾喧喜啻喘善喪

喜	喧	啾	喈	喚	喙	喊	喉	喝

	喪			善	喘	啻		

【口部】

嗜喔喟喂喻嗎嗟嗆嗅嗔嗣嗓嗩鳴

嗆	嗟	嗎			喻	喂	喟	喔	唷
𠻸	𠻝𠻝𦒇	𠿤	十畫		𠺾𠻞	𠻀	𠿸	喔	唷

鳴	嗩	嗓			嗣	嗜	嗔	嗅
鳴	嗩	嗓	嗣嗣	嗣嗣嗣嗣	嗣嗣嗣嗣嗣	嗜	嗔	嗅

75

嘉嘘嘗嘈嗽嘔嘮嘹嚄嘻嘯

十一畫

嗽	嘈		嘗	嘘			嘉	十一畫

十二畫

嘯	嘻	嚄	嘹	嘮		嘔	十二畫

嘲嘴嘶噴噸噓噱器噩噫噪噦嚀噱

器	噱	噱	噸	噴	十三畫	嘶	嘴	嘲
（篆）	（篆）	（篆）	（篆）	（篆）		（篆）	（篆）	（篆）
（篆）								
（篆）								
（篆）								
（篆）								

噱	嚀	噦	十四畫	噪	噫	噩	器
（篆）	（篆）	（篆）		（篆）	（篆）	（篆）	（篆）
							（篆）
							（篆）
							（篆）

77

十五畫

嚨

十六畫

響

十七畫

嚷

嚴

十八畫

嚼

囂

囀

十九畫

囊

嚻

【口部】囑

【口部】囚　四　囡　囝　回　因　囤　囫

二十畫

囑

口部

二畫

囚

四

三畫

囡

囝

回

因

囤

囫

四畫

固囿圃圄圇國

五畫

固

六畫

囿

七畫

圃

圄

八畫

圇

國

【口部】

園圈圍園圓圖團

圓		園		圍	圈	圖
十一畫				十畫	九畫	

【土部】

土地

地		土	團	圖
	三畫	主		

土部

【土部】

圭在圮圩坂坏坊坎坑圾均

圩	圮			在	圭			

均	圾	坑		坎	坊	坏	坂	

四畫

82

【土部】

圻址坐坡坏坪垌垃坤坦坼垂招

		圻	址	坐		坡	坏	坪
五畫	坐							

坦	垃	坤	坰	坼	垂		招

83

垤垓垢垮垌型垠垣埋埒埠城

六畫

垣	垠	型	垌	垮	垢	垓	坴	六畫

七畫

		城	埠	埒	埋	七畫		

埕埃堋培堉埭堆堂基堅埴執

八畫

堂	堆	埭	堉	培	堋	八畫	埃	埕

	執	埴	堅		基			

【土部】

堊域埖堡報堵堪場堯堙塌

九畫

堵		報	堡	九畫	埖	域	堊	

十畫

塌	十畫	堙		堯	場		堪	

86

【土部】

塔塘填塏塊塡塍塞塑塢墓墊境塹墀塵

塞	塍	塡	塊	塏	塡	塘	塔

（篆文字形）

塵	墀	塹	境	墊	墓		塢	塑
						十一畫		

塾墅埔墨墮墩墟隊增壁墳壇墾

墩	墮	墨	十二畫	埔	墅		塾	

墾		壇	墳	壁	十三畫	增	隊	墟

甕壕壑壓壘龔壙壞壤壩

龔		壘		壓	壑	壕		甕
塘	十六畫	壘品塗△△	十五畫	壓	鬸	壕	十四畫	雝

士		壩	壞	壞	塂
士圡杢本坄圭圡	士部	壩壩	廿一畫	壞壞	十七畫

壞黏鶿燊黏

士壝

89

士

一畫

壬
士

九畫

壺

壻

壹

壹

十一畫

壽

壽

【士部】【夊部】

夏

夏

七　畫

夊　部

壽

91

	夔							
	夒	十八畫						

夕部

夕

二畫

外

【夕部】

多夜夠夥夢夤

三畫

多

五畫

夜

八畫

夠 十一畫

夥

夢

夤

大部

大

夫

一畫

太

天

【大部】　天失央夸夷夾奉

天　二畫　失　央

三畫　夸　夷　四畫　夾　五畫　奉

奇　　奈

六畫

奕　　　奏　契　奎　奔

【大部】

套奚裝奠奢奥奪

奪		奥		奢		奠
	十一畫		十畫			

裝				奚	套		
九畫	籹					七畫	

97

大部

獎

十三畫

奮

女部

女

二畫

奶

奴

三畫

妃

她

【女部】

好奸如妄姎妙妒妥妞妓妝妊

好		奸	如				妄	四畫

姎	妙	妨	妒	妥	妞	妓	妝	妊

99

【女部】

妖妹姆妮姑姐姊妻妾姓妯始

妻	姊	姐	姑	妮	姆	妹	五畫	妖

		始	妯	姓	妾		

【女部】

姍委姥姣姥姦姜姪姹姝姿姨

姦	姣	姥	六畫	委	姍	

姨		姿	姝	姹	姪			姜

101

姚妍姻娃威娩娣娘姬

威　娃　姻　妍　　　　姚

姬　娘　娣　娩　七畫

【女部】

娟娠娑娥娓娛婢婊婆婦妻嫠婚

婢	八畫	娛	娓	娥	娑	娠	娟	

	婚	嫠			婁	婦	婆	婊

娶娼婀婉媒媚媞婆媛媽婿嫉嫁媳嫌嫂

婆	媞	媚	媒	九畫	婉	婀	娼	娶

嫂	嫌	媳	嫁	嫉	婿	媽	十畫	媛

104

【女部】

媼嫛嫡嫩嫛嫜媼嬌嫻嬋嬈嫱嬴嬪

十一畫

媼

嫛

十二畫

嫡

嫩

嫛

嫜

媼

十三畫

嬌

嫻

嬋

嬈

十四畫

嫱

嬴

嬪

嬸	變	嬬	孃	十五畫	嫻		嬰

嬰娳孃嬬變嬸

【子部】

子子

【子部】

子						子	子部

【子部】 孔孕字存孚孝

一畫

孔

二畫

孕

三畫

字

四畫

存

孚

孝

孤								
孟			五畫	孜				

【子部】

季孩孫

季						孩	孫
			六畫			孩	孫
						七畫	

十三畫	孳	孵	十畫	執	八畫			

	孌	十九畫	孹	十六畫	孺	嬺	十四畫	學

【宀部】

它宄宅守安

宀部

二畫

它

宄

三畫

宅

守

安

宇

宋　宏　牢

四畫

定	宕	宓	五畫	宋			完

		宗	宙			官	

宣　宦　客

六畫

宛　　　　宜

宵

害

七畫

宥

家

宸　容

宰

寄	寂			寇		密		宴
							八畫	

寓		寋	寐		宿			
				九畫				

【宀部】

富寒寞寧

寒　　　　　　　　　富

寧　寞　十一畫

【宀部】

寁寥寡寢察實寤寬寫

寤	實	察	寢			寡	寥	寬
篆書	篆書	篆書	篆書	篆書	篆書	篆書	篆書	篆書

十二畫

寫	十二畫				寬			
篆書		篆書	篆書	篆書	篆書	篆書	篆書	篆書

【宀部】

審寰寵寶

	寶		寵		寰			審
		十七畫		十六畫		十三畫		

寸部

寸 三畫

寺 六畫

封

專 七畫

射

將

八畫

尊　　　　　尋　　　　專　　　將

　　　　　　　　九畫

【寸部】

對導

【小部】

小少

對

導

十一畫

十三畫

小部

小

少

一畫

123

【小部】

尚

五畫

肖

四畫

尖

三畫

尢部

【尢部】

尤

一畫

就

九畫

【尢部】【尸部】

尸尺尹尼屁

尸部

尺　一畫

尸　尸厭豕了

就

尹

尼　二畫

屁　四畫

【尸部】

尿局尾居居屈屍屎屋屑展

屈		居	屈	五畫	尾	局	尿

展	屑	屋	屎	屍	六畫		

屋 七畫

八畫

屏

九畫

屠

十一畫

十二畫

屢

履

層

十八畫

屬

屯

屮部

山

山部

三畫

屹

峒

四畫

岌

岐

岔

【山部】

岷岱峒
岡岢岫
岸岳峒
峋峙
峯島

五畫

岷 岱 岣 岡 岢 岫 岸 岳

六畫

峒 岣 峙

七畫

峯 島

【山部】

峻峭峽峴峨崍崩崙崗崐崛崇

崍	八畫	峨	峴	峽	峭	峻	

崇	崛	崗	崐	崙	崩

130

【山部】

崢崔崖嵋嵐嵞嵌崲嶐嵯嵩蒐

嵞	嵐	嵋	九畫		崖		崔	崢

蒐			嵩	嵯	嶐		崲	嵌
						十畫		

嶁嶄嶇嶙嶒嶢嶓嶕嶧嶵嶺嶸嶼嶽

十一畫

嶁　嶄　嶇　嶙

十二畫

嶒　嶢　嶓

十三畫

嶕

嶧　嶵

十四畫

嶺　嶵　嶼　嶽

【山部】

歸巓巒巖

歸　十八畫

巓　十九畫

巒　十九畫

二十畫

巖

【巛部】

川州

巛部

川　三畫

州

133

【巛部】

八畫

巢

【工部】

工部

工

二畫

巨

巧

左

四畫

巫

七畫

差

己部

巳

九畫

巷

巴

一畫

巽

巾部

巾

二畫

布

市

三畫

帆

四畫

希

五畫

帕

帛

【巾部】

帔帑帖帙帚帝帥師

六畫

七畫

【巾部】

席帶恍帳常帷帽幅幀幄

八畫

席

帶

恍

帳

九畫

常

帷

帽

幅

幀

幄

悼慊幌幛幣幕幗幔幘幡幢幟幫

幗	幕	幣	幛	十一畫	幌	慊	十畫	幃

幫	十四畫	幟	幢	幡	十二畫	幘	幔

幬

干部

干

二畫

平

三畫

年

并 幸

五畫

幺部

一畫
幻

二畫
幼

八畫

十畫
幽
幾

广部
广

四畫
序

八畫

庇庖府底店庚度

庚	店	底		府	庖	庇	五畫

							度	六畫

麻

庠

庭

庫

座

七畫

康

八畫

庶

庸

【广部】

庵廂廁庚廊廉厦廖廓

十畫

廊

庚

廁
廁

廂
廂

九畫

庵

廉

厦
厦

廖

十一畫

廓

【广部】

廄廏廟廢廣廠廚盧

廄　廏

十二畫

廟

廢　廣

廠　廚

十六畫

盧

廣

146

龐　十七畫

廳　廿二畫

彳部

廷　四畫

延　五畫

建

六畫

弄

廾部

六畫

弈　森

弇　弇

十二畫

弊　弊

弋部

弋　二畫

式　弐　弐　弐　弐

三畫

弍　弍

式　式　弐　弐　式　式

弓部

弓　弓　弓　弓　弓　弓

一畫

弔　弔

【弓部】

【弓部】

引弗弘弛弟弩弧弦弨弣弢

弟	四畫	弛	三畫	弘	弗	二畫	引

二畫
引

三畫
弘

四畫
弛

弟

五畫
弩 弧 弦 弨 弣 弢

【弓部】

弭弱張

六畫

弭

七畫

弱

八畫

張

151

弓部

九畫

強

弼

十二畫

彈

十四畫

彌

十九畫

彎

【互部】

互部

五畫

彔

彝

十五畫

彗
彗

八畫

彡部

四畫

彡

九畫		彩 八畫		彦	六畫	形	刂

				彰	十一畫		彭
影		十二畫					

征　役　四畫　彳部

五畫

彽　往　徂　六畫

律　待

【彳部】

很後徊徇徒徑徐

徒

七畫

徇 徊 後 很

徐 徑

156

【彳部】

徘得徒徜

【彳部】

從御復徨循徧

徧		循		徨		復		御								從

（以下為篆書字形）

九畫

158

徹			德	十一畫			微	十畫

徽		心		徽	十四畫		

心部

【心部】 必忙忒忌忍志忘

忌　忒　忙　　　　必

三畫

一畫

忘　　　　　　志　忍

四畫

念　快　怏　忽

忠

五畫

忞　忿　怖

【心部】

怕佛怠怒怪怙急怯恍性怎怍思怡

恍	怯	急	怙	怪	怒	怠	佛	怕

性			思	怍	怎		怡

162

【心部】

怨恫恬恪恐恭恨恒恢

恐　恪　　恬　恫　　　　　　　怨

六畫

　　　　　　　恢　　　恒　恨　　　恭

【心部】

恍忍恰息恂恥恃恕恚恣恩羞悖您悝

恕	恃	恥	恂		息	恰	忍	恍

悝	您	悖	七畫	羞		恩	恣	恁

164

【心部】

悍悔患悄悛悉悠悟悅悲悶悼惇惕

悟	悠	悉	悛	悄	患	悔	悍

惕	惇	悼	悶	悲	八畫	悅

【心部】

惑惠悸情惜悴惆悵悴惡惟悱

							惠	惑

情	悸						

悱	惟		惡	悴	悵	惆	悴	惜

166

惶	感	惱	惰	愍	愎		惲	九畫

惲愎愍惰惱感惶想惺愢愁惻愕意

	意	愕	惻	愁	惴	惺	想

愛惜愚愉愈態愷愧慌慎慈慍

態	十畫	愈	愉	愚	惜		愛

慍	慈		慎	慌	愧	愷

【心部】

慢慕慝慟慮慣慨慷慧慶

慨	慣		慮	慟	慝	慕	慢	十一畫

慷	慧				慶			

慈	惨	慧					

慧	憮	憐	十二畫	慵	慰		憂

170

			憲	憔	憩	憬	憫	憑

憑憫憬憩憔憲憎憤懂懀懇憾懈應

應	懈	憾	懇	懀	懂	十三畫	憤	憎

懶 懵 徵

十五畫

懷

懼 懾 懸

十八畫

十六畫

【心部】

懿		戀	十九畫		戀	廿四畫	戁	戈部	戈

【戈部】

戊	二畫		戉	戊	一畫				戈

173

【戈部】

戌戎成

戌

戎

成

成

【戈部】

戒我或戔戚

戒

我

三畫

四畫

或

戔

七畫

戚

戈部

戰　戥　戡　戟　戛

八畫

九畫

十二畫

十三畫

戴　戲

【戈部】

戩

【戶部】

戶房所扁扃

戩

戩

十四畫

戶

戶部

四畫

房

所

五畫

扁

扃

177

【戶部】

六畫

展

扇

戾

七畫

八畫

扉

【手部】

手部

手

才

一畫

扎

二畫

扒

打

扔

178

扶	批	扮	把		扣	扛	托	
篆	篆	篆	篆	四畫	扣	扛	托	三畫

【手部】

托扛扣把扮批扶抖投扭抗技抉折

	折	抉	技	抗	扭	投	抖	

179

【手部】

找抓扯抄承抒扼抑拔拜

				承	抄	扯	抓	找
𣂤	𣂤	𣂤	𣂤	𣂤	抄	扯	抓	找

五畫

			拜	拔		抑	扼	抒
拜	拜	拜	拜	拔		抑	扼	抒

180

抱拌拍抛抃抔抹抵拇拂抵拖拓拈拉

抔	抃	抛	拍	拌		抱		

抹	抵	拇	拂	抵	拖	拓	拈	拉

拎拘拒拖招拄拙拆抽押抬挑拿拱括拷拮

拎	拘	拒	拖	招	拄	拙	拆	抽

押	抬	六畫	挑	拿	拱	括	拷	拮

【手部】

拳指拯拽持拾拭拴按挖捌捕挺捅

拾			持	拽	拯		指	拳

七畫

捅	挺	捕	捌		挖	按	拴	拭

183

挾	招		捐	捍	捆	将	挪	捏	【手部】
㚒 㚒 扸	掆	捐	捐 捐 捐 捐 捐 捐	捍 捊 枰 幹 㘝	梱 細 梱 梱	㦮	㭉	捏	捏挪将捆捍捐招挾振捉捎挫挨把

	把	挨		挫	捎	捉		振
	把	撺 撺 撤	㭉 㭉	㘝 㘝 㘝 㘝 秅 鞋	㨲	㧡	㧡 㤝 掝 㧡 㧡	㧡 㧡 㤝 㧡 㧡 抝

184

掂	掉	拼	捧	培	排	捭	挽	
𢴀	𢶏	拼	𢫹	𢹬	𢱧𢱫𢱷	𢶒	𢱮	八畫

【手部】

挽捭排掊捧拼掉掂掇掏探推捻掄掛

掛	掠	掄	捻		推	探	掏	掇
𢳉丰𡘊𡙇	𢶉𢶉𣀷𦥔	𢯯𩅲	𢷳𢶫	𢴪	𢲲𢲲𢳁𢳂𢳃	𢱇𢱦	𢶲	𢳹

【手部】

接捷掬掘掀掌掙掣授捽措掃掖掩

掌	掀	捲	掘	掬		捷	接

掩	掖	掃	措	捽		授	掣	掙

【手部】

九畫

描提揩揆揮換揭揪揀插揣揉揖揠揚

揭	換		揮	揆	揩	提	描
揭	換揭揑揧	擏橺濽攜橺	捙揚揭撺撺橣	揆揆揆	揩	提揠揑	描

	揚	揠	揖	揉	揣	插	揀	揪
	揚揚揚吗陽蜘	揠弱揚揚揚揚	揠	揖揖	揉燥	揣揣揣揣	插	柬	揫揫

187

援	握	揄						

搶	搞	搪	搗	搭	搬	搏	十畫	

【手部】

十一畫

摸	摒		搖	損	榡	搜	搔	搽

搽搔搜榡損搖摒摸摩摹摟摽摑摭摘摜摰

摯	摜	摘	摭	摑	摽	摟	摹	摩

【手部】

摻捽摧播撇撲撫撓撈撅撬撳撰撞撐搏

撫	撲	撇		播		摧	捽	摻
 十二畫								

搏	撐	撞	撰	撳	撬	撅	撈	撓

【手部】

撮撒擋撻擂撼擐擊據擒擎搗擅擇

擐	撼	擂		撻	擋	十三畫	撒	撮

	擇	擅	搗	擎	擒		據	擊

191

操擁攄擘擬擰擱擠擦攀擇

十四畫

擘				攄	擁	操

十五畫

擇	攀		擦	擠	擱	擰	擬

擴擷擲擾摹攔攙攜攝擱攤攣攬攬

擴	擷	擲	擾	十七畫	攏	攔	攙	十八畫

攜	攝	擱	十九畫	攤	攣		攪	攬

【支部】 支

【攴部】 收 改 攻 攸

支

支部

攴

收

二畫

支部

改

攻

攸

三畫

【支部】

放政故效敗敘

故				政				放	
故	政	政	幹	政	五畫	攽	放	四畫	
故		幹	政	殴		放	鼓		
敨		躄	踚	政		炌	扲		
故		政	踚	政		郡	彭		
敨		踚	踚	政		放	故		
		政	踚	踚		放			

敘	敗		效					
鎓	賏	七畫	軠	六畫		蛣	圐	酘
	賏		瀠				故	故
	賻		鎬				嘞	故
			敨				故	幹
			瀠				故	及
			龍					

【攴部】

敏救敕教敖敝敦

		教	敕		救			敏

		敦		八畫	敝			敖

【攴部】

敢敞散敲敷

敞　　　　　　　　　敢

敷　　敲　　散

十一畫

十畫

197

【攴部】

敲數整斂斀

【文部】

文

斀

斂

整

十二畫

數

敲

十三畫

十六畫

文部

文

八畫

斑　斑辮鯎

斐　斐斐

斗部

斗

六畫

料　七畫

斜

斟　九畫

斠　十畫

斡

斤部

斤

一畫

斥

四畫

斧

斫

斬

八畫

斯

九畫

新

斷

十四畫

方部

方

於

四畫

五畫

施

【方部】

旁 㫃 斻 旅 旃 旌 族

旂	旃			旁			
旅	旌	斻	㫃		六畫		旅

	族	旌	旃				旅
				七畫			

202

既		无			旖	旗		旋

六畫

无部

十畫

十一畫

	日		暨				

日部

十一畫

日

日

一畫

旦

二畫

旭

旬

早

旨

旱
三畫

旻
四畫

昏

昊

【日部】

明昆昉昔昕易

明

昆

昉

昔

昕

易

205

								昌
旺	昂							
五畫								

昭		是			星		

【日部】

春昧昵昴昨映昱晉

昴	昵	昧						春

				晉		昱	映	昨
					六畫			

207

晃晄晟晌時晏晡晦晞畫

					時	晌	晟	晄	晃

	畫	晞	晦	晡					晏

七畫

208

【日部】

晨晤晚普暑晶景晴晰智暖

晨		晤	晚	普		暑	晶

八畫

九畫

景	晴	晰	智			暖

209

暌暉暇暄暑暗暈暝暢暴暮暫曉曆

暌	暉	暇	暄	暑	暗	暈	十畫	暝

暢	暴	暮	暫	十二畫	曉	曆

【日部】 曙曛曜曝曦曬

十九畫　曦　曦

十六畫　曝　曝

十五畫　　曜　曜

十四畫　曙　曛　曜　曙

【曰部】 曰曲

曬　曬

二畫　曰

曲

曰部

【日部】 更書曼曹

三 畫

更

書

六 畫

曼

七 畫

曹

212

【日部】 替曾會 【月部】

【月部】 月有

八畫

替

曾

會

九畫

月部

月

有

二畫

四畫

朋

服

六畫

朕

朔

【月部】

朗望期朝

望

七畫

朗

朝

期

八畫

215

木

朦
朦

十三畫

木部

本

末

札

朮

未

一畫

216

【木部】

朴朵机朽朱杜李

朱	朽	机	朵	朴	二畫	朱

		李		杜	三畫	

217

【木部】 杆杠杞杏杖杉束材村杯板

杏	杞	杠	杆					

板	杯	四畫	村	材		束	杉	杖

218

【木部】

杷枇枚枋杲東林果杭析枝

杷	枇	枚		枋	杲	東		

			枝	析	杭	果		林

枕杼杵杶松柱柏柄柈某柰柳枸柑

柏	五畫	柱		松	杶	杵	杼	枕

柑	枸	柳		柰	某	柈	柄

【木部】

柯枯架枢柬柜柒枭枙枳栅柘柱查柴柿柔

枭	枭	柒	柜	柬	枢	架	枯	柯

栀	枳	栅	柘	柱	查	柴	柿	柔

221

染柞柚桃柮桐栗格根

桐　六畫　柮　桃　柚　柞　染

根　格　栗

222

【木部】

栩　桀　桔　　　桓　核　杙　桂　栝

栝桂杙核桓桔桀栩校株桌栓栽桑

桑　栽　栓　桌　株　　　　校

223

【木部】

案梡框楨桴梅梵梯條桶桔梢梲械梗

七畫

梗	械	梲	梢	桔	桶	條	梯	梵

案 梡 框 楨 桴 梅

【木部】

梁根柜桼桷梭梓梳梧棒棚棉棣

梭	桷	桼	柜	根				梁

棣	棉	棚	棒	八畫	梧	梳	梓

棟棠棱黎桴棺棍棵棘椒棲槃棗植棧椎

棟	棠		桴	黎	棱	棺	棍	棵

棘		椒	棲	槃	棗	植	棧	椎

棄棕森椅棫
極楹榆楣楓
楠楷楫楔
檀

九畫

極	棫	椅	森	棕		棄

（篆書字形）

檀	楔	楫	楷	楠	楓	楣	榆	楹

（篆書字形）

【木部】

槙椹楚椽業楊榜

榜							楊	
業	椽					楚	椹	槙

十畫

楊

榜

槍　槐　楛　構　槀　榴　椰　榻　槃

榷　榭　寨　榛　槊　榕　榮　　　槐

榷榭椰榴槀構楛槐槍榷榭寨榛槊榕榮槐

十一畫

標

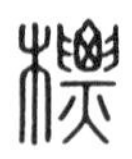

模

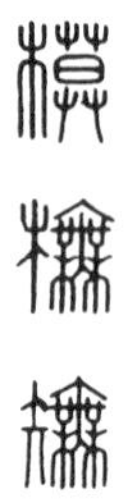

樊

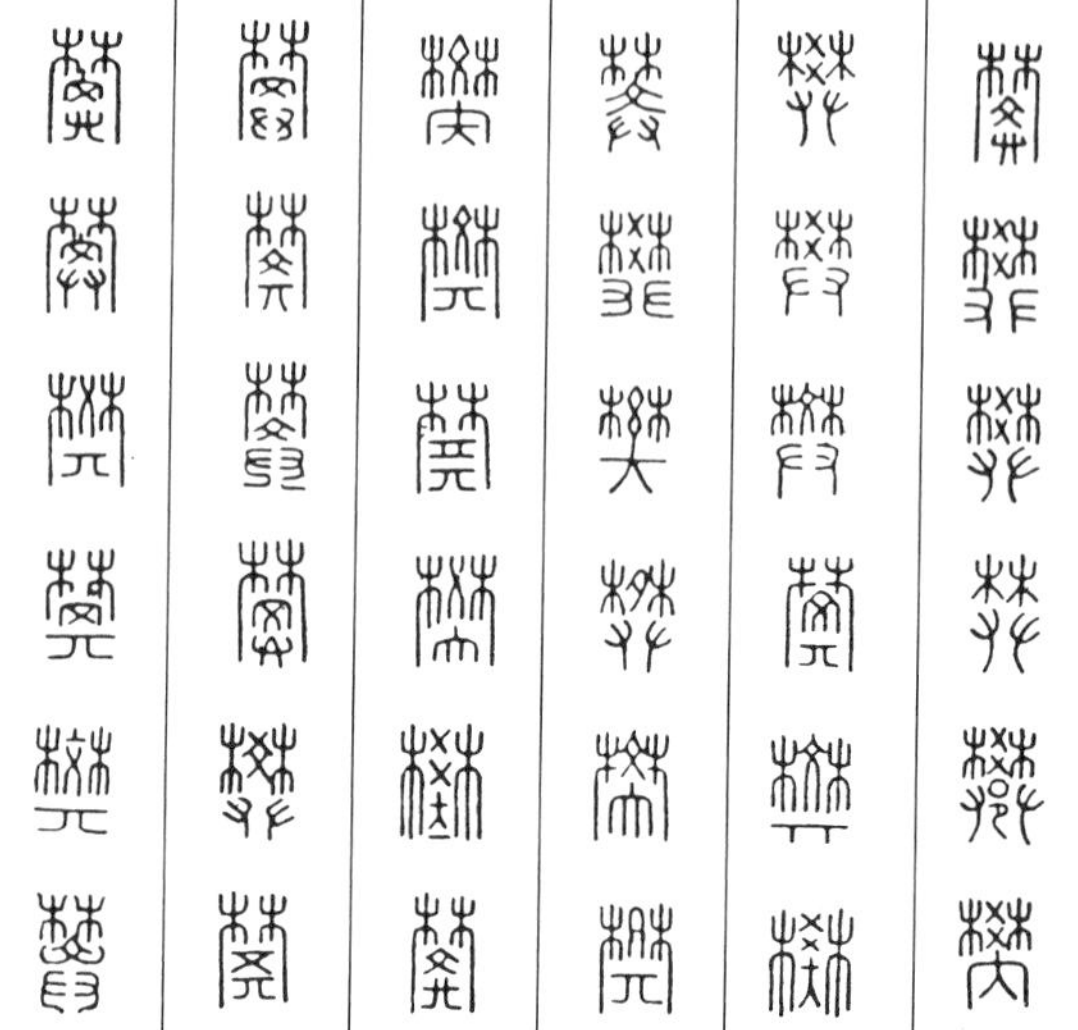

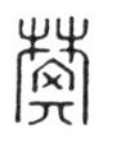

樓

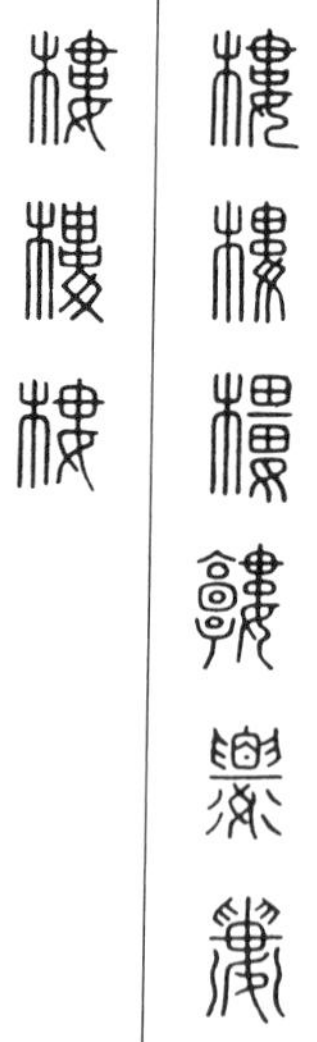

概

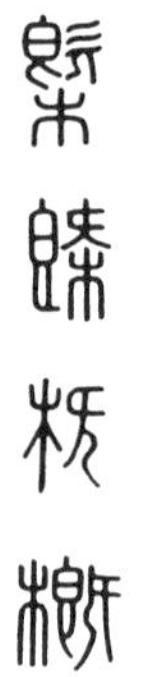

槿

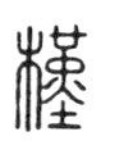

槳

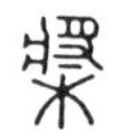

樟

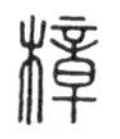

椿

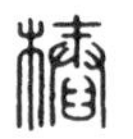

樞

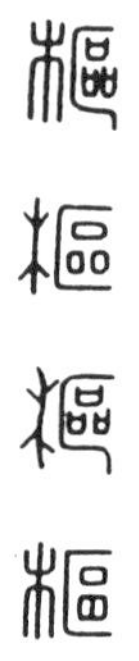

【木部】

槽樅樣樂樸槖橈橄橫樺

樂	樣	樅	槽

十二畫

樺		橫	橄	橈	槖		樸	

231

【木部】

機橘橋樵橡橙樹橇樾檔檀檢檣橄檐

樹	橙	橡	樵			橋	橘	機

檐	橄	檣	檢	檀	檔	十三畫	樾	橇

232

【木部】

檳檬檸櫃檻櫝櫟櫓橺櫛欄櫻權欒

十四畫　檳　檬　檸　櫃　檻　　十五畫　櫝　櫟

櫓　橺　櫛　十七畫　欄　櫻　權　十九畫　欒

欖

廿二畫

欠部

欠

次

二畫

欣

四畫

【欠部】

欵歈
欷欲
款欺
歆歌
歉歌
歇歎

欺	款	八畫	欲	欸	歈	七畫	欵	六畫

歎		十一畫	歆	歉	歌	十畫	歇	九畫	欹

235

【欠部】

歐

歟
十二畫

歡
十八畫

【止部】
止部

止
一畫

正
一畫

此
二畫

三畫

步

四畫

歧

武

止部

五畫

歪

九畫

歲

十四畫

歸

歹部

二畫

歹　死　歿

歿妖珍殆殂殃殉殊殍殖殘

殃		殂	殆	珍	五畫	妖	歿	四畫

殘	殖		殍	七畫	殊	殉	六畫	

八畫

十畫　殞　殞

十一畫　殤　殤

十二畫　殫　殫

十三畫

殮　殮

十四畫

斃　斃

殯　殯　殯

十七畫

殲　殲

殳部

五畫

段　段

【殳部】

殷
殺

殷

六畫

殺

241

毅	毆	十一畫	毀	殿	殼 九畫	八畫

【母部】 毋毐

毋	一畫				毋 母部

【毋部】

每毒毓

毓

十畫

毒

四畫

每

三畫

【比部】

比毖毗

毗

毖

五畫

比

比部

243

毛部

毛

毫
七畫

毯
八畫

氈
十三畫

氏部

氏

	氏					民	一畫

气 部

氣 部

氫	七畫	氧	氨		氣	氦	六畫	气

气 氛 氣 氨 氧 氫

【气部】氣

【水部】水永汀求

十畫

氣

水部

水

一畫

永

二畫

汀

求

【水部】

汞汗江汛池汋汕汙汝

					江	汗	汞		汁
								三畫	汁

		汝	汙	汕	汋	池	汛		

四畫

沒沐汾汲決泖汽沁沚沈沉沖沙

汽	泖	決	汲	汾		沐	沒	

	沙	沖			沉	沈	沚	沁

【水部】

泵	泊	波	五畫	汪	汶	沃	沂

泰	泛	沸	法	泯	泌	沫	泮	泡

沂沃汶汪波泊泵泡泮沫泌泯法沸泛泰

249

沱泥泠沽況河泓沮泣泄治沼沾

河	況	沽	泠	泥		沱	

沾	沼			治	泄	泣	沮	泓

【水部】

注油沿泳派洞洮洛洸活迴津

六畫

洛	洮	洞	派	六畫	泳	沿	油	注

洸	活	迴	洪		津			

251

洋	洙		洲	洶	洵	洽	洗	汧

【水部】

汧洗洽洵洶洲洙洋洧浜浦浮涕涂浬

浬	涂	涕		浮	浦	浜		洧
							七畫	

252

				海		流		浪

消	浚	涓	涇		浸	浹	浣	浩

【水部】

涎浙涉浚涷浥浴淡淀淘淌添淖淚淋涼

	浴	浥	涷	浚		涉	浙	涎
八畫								

涼	淋	淚	淖	添	淌	淘	淀	淡

254

【水部】

淥淪淦涸涵淮混淨淒淇淺清淅涿淳

淨	混	淮	涵	涸	淦	淪	淥	

淳	涿	淅		清	淺	淇	淒

255

深淑淄淬淙凇涯液淹淫淵

淬	淄	淑	深					

		淵	淫	淹	液	涯	凇	淙

【水部】

渤湃湄渺渚湎渡湍湯港湖渴渙

九畫

湍	渡	湎	渚	渺	湄	湃	渤	九畫

湯

渙	渴	湖	港					湯

渠	湘	減	湔	湫	湟	渾

湮	湊	湞	測	湜		湛	渣

【水部】

游渦渭渝湲湧滂溥減溟滔

渝　湲　湧　　十畫　滂　溥　減　溟　滔

259

準			溪	滑	滾	溝	溜	漂

漂溜溝滾滑溪準溶滋溯溢溫

			溫	溢	溯		滋	溶

【水部】

源漂漠滿漫滴滌潔漏漓漣漑漢

滴	漫			滿	漠	漂	十一畫	源

			漢	漑	漣	漓	漏	潔	滌

滸滬漸漿漆滯漳漲漱漬漕漚漪演

漆	漿	漸	滬	滸			

演	漪	漚	漕	漬	漱	漲	漳	滯

【水部】

漾漁潑潘澎潭潼潦潞潰潔澆澗潯

潭	澎		潘	潑	十二畫		漁	漾

潭	澎		潘	潑			漁	漾

潯	澗	澆	潔	潰	潞	潦	潦	潼

263

【水部】

潛澈潮潺澄澍潤澌澀澹濃濂激濁澡澳

漸	潤	澍	澄	潺	潮	澈		潛

| 漸篆 | 潤篆 | 澍篆 澍篆 澄篆 澄篆 澄篆 | 澄篆 | 潺篆 | 潮篆 潮篆 潮篆 潮篆 潮篆 | 澈篆 澈篆 | 澀篆 澀篆 澀篆 | 潛篆 潛篆 潛篆 潛篆 潛篆 潛篆 |

澳	澡	濁	激	濂	濃	澹		澀

| 澳篆 | 澡篆 澡篆 澡篆 澡篆 | 濁篆 | 激篆 | 濂篆 | 濃篆 | 澹篆 | 十三畫 | 澀篆 |

264

【水部】

澤濱濛濤濫澌濟濕瀑濆瀏瀘濺

澤			濱	濛	十四畫	濤	濫	澌

濟	濕		瀑	濆	瀏	瀘	濺
		十五畫					

【水部】

瀉瀕瀚瀅瀟瀾潚灌灘灑灣灨

瀉

十六畫

瀕 瀚 瀅 瀟

十七畫

瀾 潚

十八畫

灌

十九畫

灘 灑

廿二畫

灣

廿八畫

灨

火部

火灰炙灼災炙炒炊炎炳

二畫

火

灰

三畫

炙

灼

災

四畫

炙

炒

炊

炎

五畫

炳

【火部】

六畫

	炮	炭	炬	炯	炸	炫	焰	炮
六畫	(篆)	(篆)	(篆)	(篆)	(篆)	(篆)	(篆)	(篆)

	烙	烈		烤	烘	烜	烝	烏
	(篆)	(篆)	(篆)	(篆)	(篆)	(篆)	(篆)	(篆)

炮炭炬炯炸炫焰烙烈烤烘烜烝烏

268

【火部】

烹烽焉烺焚焜焦

焉	烽	烹	七畫

焦	焜	焚	烺	八畫

269

無	焰					然	焯	【火部】

焯然焰無煤煩

無	焰					然	焯
篆字	篆字	篆字	篆字	篆字	篆字	篆字	焯焯

煩	煤							
煩煩	煤	九畫	篆字	篆字	篆字	篆字	篆字	篆字

煉煥煌煎煦照煮煞煙煨煒煜熒熄熊

煮		照	煦	煎		煌	煥	煉

熊	熄	熒	十畫	煜	煒	煨	煙	煞

271

熱	熟		熙			

十二畫

十一畫

燒	熾	熹	燐	燎	燙	燈	燔	燜

【火部】

燃燕燴燮燭營燠燾爐爆爍

燭	燮	燴	十三畫		燕		燃

爍	爆	爐	十五畫	燾	十四畫	燠	營

【火部】

十六畫

爐

爛

爪部

爪

四畫

爬

爭

五畫

爰

八畫

為

爪部

【爪部】

爵

【父部】

父爸爹爺

		父	父部	爵	十三畫			

爵

爸 四畫

爹 六畫

爺 九畫

275

【爻部】

爻部	七畫 爽	十畫 爾	爿部	爿

【爿部】

三畫 壯	四畫 牀	六畫 牂	十三畫 牆

片部

牘

片部

片 四畫

版 八畫

牌 牘

牌 十五畫

【牙部】【片部】　片版牌牘

牘 牘

牙部

牙

八畫

掌 賞

【牙部】　牙掌

牛部

二畫

牛

牝

牟

三畫

牡

四畫

牦

牧

物

五畫

牯

牲

牮

特牽犅犄犖犀犍犖犒犛

犄		犅		牽		特	六畫
	八畫			七畫			

犛 | 十一畫 | 犒 | 犖 | | 犍 | 九畫 | 犀

【牛部】
犢犧

【犬部】
犬犯狄狂狀

牛部（續）

十五畫　犢

十六畫　犧

犬部

犬

二畫　犯

四畫　狄　狂

狀

280

【犬部】

狗 狐 狙 狌 狠 狡 狩 狽 狎 狸 狷 狹 狻

五畫

狗 狐 狙 狎 六畫 狼 狡

狩 七畫 狷 狌 狼 狸 狷 狹 狻

281

八畫

猜	猖	猙			猛

九畫

猷	猪	猩	猢	猴	猱		猗	猝

【犬部】

猶猥獅猻猿獄猲獐獗獨獪

		猿	猻	獅	十畫	猥			猶
十一畫				師					

獪		獨		獗	獐	猲	獄
			十三畫		十二畫		

283

【犬部】

獻

十六畫

獸

獷

獵

十五畫

獰

十四畫

【玄部】

玄

十六畫

玄部

獼

十七畫

【玄部】

率

【玉部】

玉 玉 玗 玖 玟 玩

率

率

六
畫

玉
部

玉

玗

珢

玖

三
畫

玟

四
畫

玫

玩

285

【玉部】

玻珀珉珐玷玲珂玶珈珍珊班珖珮

五畫

玶	珂	玲	玷	珐	珉	珀	玻

六畫

珮	珖	班	珊	珍	珈

286

珩珠珥琅理琉現珏球琊琶琵琳琯

七畫

珩	珠	珥	七畫	琅		理		琉

八畫

現	珏	球	琊	八畫	琶	琵	琳	琯

【玉部】

琨琥琚琦琴琛琮琰瑂瑚瑕瑞瑟

琮	琛			琴	琦	琚	琥	琨

瑟	瑞		瑕	瑚		瑂		琰
					九畫			

288

瑛瑜瑗瑱瑰瑣瑤瑩璃璉璆瑾璇璋璞璠

瑩	瑤	瑣	瑰	瑱	瑗	瑜	瑛
十一畫							

璠	璞	十二畫	璋	璇	瑾	璆	璉	璃

璽	十四畫	璵	璩	環	璫	璣	璜	璘	【玉部】

璘璜璣璫環璩璵璽璹瓊瓏

瓞	五畫	瓜		瓏	十七畫	瓊	璹	【瓜部】

瓜部

瓜瓞

290

【瓜部】

瓢瓣瓤

【瓦部】

瓦瓴瓷瓶甄

瓦		𤬭	瓣	瓢	
	瓦部	十七畫	十二畫	十一畫	

甄	瓶	瓷		瓴	
九畫	八畫	六畫		五畫	

291

甕	甓	十三畫	甍	十二畫	瓯	十一畫

甘部

生		甚	四畫		甘

生部

292

【生部】

産
甥

【用部】

用
甩
甫
甬

用		甥		產		生	生
	用部	七畫		六畫			

生部

甩

二畫

甫

甬

293

【用部】

葡甯

【田部】

田甲申由

田

甯

萠

七畫

五畫

田部

中

甲

由

294

【田部】

甸男畋畍畎畏毗昀畚畔

畍	畋	四畫		男	甸	二畫	由

畔	畚	五畫	昀	毗		畏	畎

畞　留　畛　畜　畢

六畫

略　畦　異

296

【田部】

番畫畬當畸疆疇疊

七畫

番

畫

畬

當

八畫

畸

十四畫

疆

疇

十七畫

疊

疋部

疋

七畫

疏

疑

九畫

疒部

三畫

疾

疝

四畫

疤

疥

疫疣病疲疸疼疾痂疽痁疹

疼	疸	疲			病	五畫	疣	疫

疹	痁	疽	痂					疾

【广部】

症疴痕痊痔痍痎痘痛痢痤痣痰瘃

七畫	痎	痍	痔	痊	痕	疴	六畫	症
	疈	胰胰	𤻴	痊	頯	洞		痆

瘃	痰	八畫	痣	痤	痢	痛	痘	痞
豗	痰		腰	痤	𤻲	痛	痘	腷𤶹𤷏𤷉

300

痿瘀瘋疤瘍瘢瘠瘡瘦瘟瘻瘸瘵瘴

九畫

痿	瘀		瘋	痢	瘍

十畫

瘢	瘠

十一畫

瘦	瘟		瘻	瘸	瘵	瘴	瘡

瘳瘺癌癬癡癢癥癩癧癬癰

癡		癖		癌	癆		瘳
癡(篆)	十四畫	癖(篆)	十三畫	癌(篆)	癆(篆)	十二畫	瘳(篆)
十五畫							

癰		癬	癩		癥	癢
癰(篆)	十八畫	癬(篆)	癩(篆)	十七畫	癥(篆)	癢(篆)
				十六畫		

【疒部】

癱癲癰

【癶部】

癸登發

癰　十九畫

癲

癱

癸　四畫

火部

發

登　七畫

白部

白

一畫

百

二畫

皂

三畫

的

四畫

皈

皇

皆

304

五畫

皋

六畫

皎

七畫

皕

皓

十畫

皖

皚

十二畫

皤

十三畫

皦

皮部

皮

七畫

皺

十畫

皸

皿部

皿

三畫

盂

四畫

盆

盅

【皿部】

盈盇盉益盌盅盒盛

五畫

盈 益 盇 盇

六畫

盉 盅 盒 盛

【皿部】

盜盟盞監盡盤

七畫

盜

盟

八畫

盞

九畫

十畫

盡

監

盤

【皿部】盧 【目部】目直盼眉眄

直　　三畫　　目　　目部　　盧　　十一畫

眄　　　　　　眉　　盼　　四畫

309

眇 眊 眈 盾 看 盼 相

眇眊眈盾看盼相省眠眩眨真

省 眠 眩 眨 真

五畫

眺	眶	眷	眾					
眺	眶	眷	眾	眞				

眛	六畫	智	眙					
眛	六畫	智	眙昭	眞				

【目部】

眸眊眼睇睦督睞睫睛睜睡睢睚

睦		睇		眼	眊	眊	眸
睦	睦	八畫	睇	七畫	眼	眊	眊	眸

睚	睢	睡	睜	睛	睫	睞		督
睚	睢	睡	睜	睛	睫	睞	皆	督

【目部】

督瞄暎睿瞑瞌瞎瞟瞞瞠瞥瞪瞳

九畫

督	瞄	暎	十畫	睿	瞑	瞌	瞎
督	瞄	暎		睿睿睿睿	瞑	瞌	瞎

十一畫

瞟	瞞	瞠	瞥	十二畫	瞪	瞳
瞟	瞞	瞠	瞥瞥瞥瞥瞥		瞪	瞳

瞿

瞻

瞀

瞬

瞧

瞰

十三畫

十九畫

矗

矜

矛

四畫

矛部

矢

矢部

【矢部】

矢知矧矩短矮矯

七畫	五畫	四畫	三畫	二畫
矩	矧	知	矢	

【石部】

石

	十二畫	八畫	八畫
石	矯	矮	短

石部

石部

砍砌砂破砥砧砸研确硤硯

四畫

砍 砌 砂

五畫

破

六畫

砥 砧 砸

七畫

研 确 硤 硯

【石部】

硬碑碰碓碌碗碧碣碱碾磅碼碾磐磊

碧	九畫	碗	碌	碓	碰	碑	八畫	硬

磊	磐	碾	碼	磅	十畫	碾	碱	碣

【石部】

確磔磕磁磨磬磚磴磷磺磯礁磻磽

磬		磨	十一畫	磁	磕	磔	確

磽	磻	礁	磯	磺	磷	磴	十二畫	磚

【石部】
礎礙礫礪礦礱礴

礦	礪	礫		礙		礎	
十七畫			十五畫		十四畫		十三畫

【示部】
示祁社

社		祁		示		礴	礱
三畫					示部		

【示部】

祀祈祇祉祊祕祗祝神

四畫

五畫

祀　祊　祈　祗

祉　祕　祗　祝　神

【示部】

祖祚祠祜
祟祐票
祧祭

祖			祚				祠	祜

崇	祐	六畫	票	祧	祭			

祥

祿

八畫

祼

禁

祺

福

九畫

【示部】 提禍禘禪禮襧禱

禪　禪

十二畫

禘　禘

哉

禍　禍　禍　禘　禍　禍　禍　禛　禛　禍

提　提

福　福　福

福　福　福　窻　祈　福

【内部】 禺

禺　禺　禺　禺　禺　禺

四畫

内部

禱　禍　禱　禔　禔

襧　襧　祄

十四畫

禮　禮　禮

十三畫

323

【内部】　禹

【禾部】　禾秃秀

禹

禾部

禾

二畫

秃

秀

【禾部】

私秉秕秒科秋

三畫

四畫

私

秉

秕

秒

科

秋

325

【禾部】

秝 秦 秩 秫 租 秧 移 粮 稈 稊

五畫

六畫

七畫

秩					秦	秝	五畫

稊	稈	粮	移	秧	租	秫
			七畫	六畫		

326

稅	稍				程		稀
八畫							

稱	種	九畫	稠			稚	稟

327

稷		稽	稿	稻	十畫	穋		

積					穆	稼	十一畫	

【禾部】

穗穢稿穫穩

穫 十四畫

稿

穢 十三畫

穗 十二畫

穩

穴部

【穴部】

穴究空

穴 二畫

究 三畫

空

329

【穴部】

穹突窀穿窆窄窈窖窨窗窟窣窠

窈	窄	窆	五畫	穿	窆	突	四畫	穹

窠	窣	窟	八畫	窗	窨	窖	七畫

【穴部】

窪窩窮窺竅竄竇竈竊

九畫

窪 注

窩 窩

十畫

窮

十一畫

窺

十三畫

竅

竄 竄

十五畫

竇

竈

十七畫

竊 竊

立部

立

竝

四畫

站

五畫

六畫

竟

章

【立部】

童竣竦端竭競

九畫

竦

竣

七畫

童

端

竭

競

十五畫

333

竹部

竹部

四畫	竿	竿	三畫	竺	二畫	竹	

筍	笨	五畫		笑	笈	筁	笆

334

【竹部】

笒范符笪笛第笒笠笟笙笱筆筏答等

笒		第	笛	笪	符		范	笒

等	答	筏	筆		笱	笙	笟	笠

六畫

【竹部】

筒筐笄筋筌策筍筷筬筮筳筠箔管筌

筷	七畫	筍	策	筌	筋	笄	筐	筒

筌	管	箔	八畫	筠	筳	筬	筮	筷

【竹部】

箕箋箏筵算篇範筳節箭箃箱

九畫

算	筵	箏			箋		箕

箱	箃	箭		節	筳	範	篇

箴篆箸篦篤篙篝築篩篡篷箋簍簀簞

築	篝	篙	篤	篦	十畫	箸	篆	箋

簞	十二畫	簀	簍	篷	十一畫	篡	篩

338

【竹部】

簧 箄 簡 簫 簸 簿 簾

簽箄簡簫簸簿簾簽箱籍籃籌籠

十三畫

十四畫

十六畫

簽 籀 籍 籃 籌 籠

339

米	米部	籮		籬	十九畫	籤	十七畫

粒	五畫	粉	四畫	籼	籽	三畫	

【米部】

粘粗粥粢粟粵粳梁粲精

六畫

粘　粗　粥　粢　粟

七畫

粵

八畫

粳　梁　粲　精

粽粹糊糅糖糕糢糜糞糠糟糙

糢	糕	糖	十畫	糅	糊	九畫	粹	粽

	糙		糟	糠		糞	糜	十一畫

【米部】

糧糯

【糸部】

糾紅紀級紈約

十二畫

糧

十三畫

糯

糸部

二畫

糾

三畫

紅　紀　　　　　級　紈　約

【糸部】

紛紡納紐級紙紕純紗紝素索紋紊紘

紕	紙	級	紐	納	紡		紛	四畫

紘	紊	紋	索	素	紝	紗		純

344

	統		組	紫	紳			紹	
			六畫						

終	細	紺	絫	給	絨	
						五畫

345

經	絕		絳	絞	結	給	絡	経

經	綑	綆	綁	絲	絨	絮		七畫

【糸部】

綸	綾	緋	八畫		綏	綃	絹

（上段篆字：綸、綾、緋、八畫、綏、綃、絹 各字篆體）

維	綜	緇		綏	綢	綺	綱	綠

（下段篆字：維、綜、緇、綏、綢、綺、綱、綠 各字篆體）

綰

網

絲

九畫

編

紗

縣

緬

締

緞

練

緱

緩

緘

緝

【糸部】

綫緒緦緯緣縛縞縑縣緆縐縝縈縕

縞	縛	十畫	緣	緯	緦		緒	綫

緆	縈	縝	縐				縣	縑

繡縹繆縵繁縫縷績總縱繰縮繚繡

十一畫

繡	縹	繆	縵	繁	縫	縷	績

十二畫

繡	繚		縮	繰			縱	總

織繕繞繪
繳繮繫繭
繩繰繹辮
繽繼

繫	繮	繳	繪	十三畫	繪	繞	繕	織

繼	十四畫	繽	辮	繹	繰		繩	繭

351

【糸部】

纂　篆

十五畫

纈

續

續

十六畫

纖

纔

十七畫

【缶部】

纓

二十一畫

纜

缶部

缶

三畫

缸

352

【缶部】

四畫
缺

十一畫
罄

十七畫
罐　罐

网部

网

【网部】

三畫
罕

四畫
罔

罘

五畫
罟

罪

八畫

置

罩

罪

九畫

罰

署

十畫

罷

罵

十四畫

羅

十九畫

羈

羊部

羊

羌

二畫

三畫

美

四畫

羔

羖

【羊部】 羞群羡義羲羹羸

五畫

羞

七畫

羣

羨

義

十畫

義

十三畫

羹

羸

【羽部】

羽羿翅翁翎習翊

翁	翅	四畫	羿	三畫		羽	羽部

翊	習	翎	五畫				

357

翁翔翡翟翠翩翬翦翥翰

翟	翡		翔		翁	六畫	

翰	十畫	翥	翦	翬	翩	九畫	翠

八畫

358

【羽部】

耀

燿

十四畫

翼

翹

翻

十二畫

【老部】

老部

老

考

359

【老部】者

【而部】而耎耐奀

【耒部】耙

老部

者

五畫

而

而部

三畫

耎

耐

奀

耒部

四畫

耙

		耳		耘	耗		耕

（篆文字形省略）

【耒部】

耕耗耘

【耳部】

耳部

		耿		耽		取	

耳取耽耿

取　二畫

耽　四畫

361

【耳部】 聊聃聆聒聘聖聚聞

聖	聘	七畫	聒	六畫	聆	聃	聊	五畫

八畫

聚 聞

362

【耳部】
聯聲聰聳聶職聽聲

| | 聶 | 十二畫 | 聳 | 聰 | 聲 | 聯 | 十一畫 |

【聿部】
聿

| 聿 | | 聿部 | 聾 | 十六畫 | | | 聽 | 職 |

聿部

七畫

肆　　　　　　肄　　　八畫　肅　　　肇

肉部

肉　二畫　肋　肌　三畫　肚　肝

364

【肉部】

肛 肓 肘 四畫 肥 肺 肪 朒

肛肓肘肥肺肪朒股肱肯肩胕肢肫肴

股 肱 肯 肩 胕 肢 肫 肴

【肉部】

育肧背胞胚胖胎胡胠胸骨

胎	胖	胚	胞	背	五畫	肧		育

	胥	胸	胠					胡
骨								

六畫

脈胄胙胤胃胖脈能胯脊

胃		胤	胙		胄	胅

脊	胯				能	脈	胖

胱脅胸脂脆胭脝脯脛脫脘脧脾腐腑

脯	脛	七畫	胭	脆	脂	胸	脅	胱

腑	腐	脾	八畫	腂	脘		脫	脛

【肉部】

腆腔腊脹腎腕庵腹腦腳腥腫腸腮腰

腹	九畫	庵	腕	腎	脹	腊	腔	腆
腞腌腹膶燹		膯	鹗腕	腎腎苔苔	�	鴈膶腤	脟腑類姙	腴寿

	腰	腮	腸	腫	腥	腳	腦	
	黜籰	腮	腸腤	腫	腥胜	腳	腦腦腦	腦

369

膊膀腿脊膏膚膜膠膝膰膩膳臂

十畫

膊

膀

腿

脊

膏

十一畫

膚

膜

膠

膝

十二畫

膰

膩

膳

十三畫

臂

膻　臀　　膿　膾　臉　膺　　臀　膽

膽臀膿膾臉膺臏臃臘臍

臍　臘　　臏

十四畫

十五畫

臣

臣部

臣

【臣部】

臥
臥　二畫

臧
八畫

臨　十一畫

自部

自

臨

臬
臬

四畫

【自部】 臭

【至部】 至致臺臻

【臼部】 臾舀

臭

至部

至

四畫

致

八畫

臺

臻

十畫

臼部

臾

二畫

舀

四畫

興	十畫		與	八畫	舅	七畫	春舂	五畫

舉	十一畫							

【臼部】 舊

【舌部】 舌 舍 甜 舒 舔

【舛部】 舛

舊

舌部

舌　二畫

舍　五畫

甜

六畫　舒

八畫　舔

舛部

舛

舛部

六畫

舜

十一畫

舞

舟部

舟

四畫

舫　般　航

五畫

舶　舵　舸　舷

【舟部】

舳船艇艙艘艦艨

艦		艘	艙		艇		船	舳
艨	十四畫	艘	艙	十畫	艇	七畫	船船船船	舳

【艮部】

良

				艮			艨
				艮	一畫	艮部	艨

377

【艮部】艱

【色部】色

【艸部】艾芒芍

艱

十一畫

色

色部

艸部

二畫

艾

三畫

芒

芍

378

【艸部】

芋芭芬芳芙花芥茭芹芩芯芝茁芽芮

		花	芙	芳	芬	芭	四畫	芋

芮	芽	茁	芝	芯	芩	芹	茭	芥

379

五畫

苞茱茅茂苗范符苔苟苛苦苴

苗		茂			茅	茱	苞	五畫

苴		苦	苛	苟	苔	符	范

380

【艸部】

茄茁若英苑茫葩茗茯萸荔莑茴荒苳

茫	六畫		苑	英		若	茁	茄

苳	荒	茴	莑	荔	萸	茯	茗	葩

荊茜荃荇荀茱茶荏茹茸兹

荀	荇	荃	茜				荊

兹	茸	茹	荏		茶	茱

【艸部】

茨草莈茵荸莘莫莆荻茶莅莉

七畫

荸	莘		茵	莈		草	茨	

莉	莅			茶	荻	莆		莫

383

荷莖莒莧莊莘莎莪蒡莞莾

					莊	莧	莒	莖	荷

（各字之篆書字形）

	莾	莞	蒡	莪	莎	莘		

【艸部】

菠萍菩萌菲苕菊菟菱菇菰菡華

八畫	菠	萍	菩	萌			菲	苕

萄	菟	菱	菇	菰	菡	華		

菌	菊		菹	菁		菅		

【艸部】 菅菁菹菊菌薑萁菖菽䓖菜萃葵菘

菘	葵	萃	菜	䓖	菽	菖	萁	薑

【艸部】

姜葆葩葡葑蒂葵董落葛

葵	蒂	葑	葡	葩		葆	九畫	姜

			葛		落			董

葫萆葭葺蔥萱著葚葬葱蕚葉葷萬

葚		著	萱	蔥	葺	葭	萆	葫

萬	葷			葉	蕚	葱		葬

【艸部】

蓓蔗莼蔗蒲蒙蓋

蓓 蔗 莼 蔗

十畫

蒲 蒙 蓋

【艸部】

蒯 蒿 蕨 蓁 蒸 蒔 蓐 蓉 蒼 蓑

蓄	蕨	蒿		蒯				

蓑			蒼	蓉	蓐	蒔	蒸	蓁

390

【艸部】

蒜蓀蔔蓬蔓蔑蔞蓮蔲蔣蔗蔬蔡

蔞		蔑	蔓	蓬	蔔	十一畫	蓀	蒜

蔡	蔬	蔗	蔣	蔲	蓮

【艸部】

蓿蔭蔚蕙薂蕃蕩蕉蕨蘷蕊蕪蕎蕭薄

蕉	蕩	蕃	薂	蕙	十二畫	蔚	蔭	蓿

薄	十三畫	蕭	蕎	蕪	蕊	蘷	蕨

【艸部】

薛 蕾 薅 薙 薊 薔 莚 薪 蘮

薛薔莚薪蘮薛薏薇藐藍

十四畫

薛 藐 蕷 薏 薇 藐 藍

393

【艸部】

藉 薰 藏 薩 齊 藩

十五畫

藉薰藏薩齊藩藝藤藜藕藥蘋

藝 藤 藜 藕 藥 蘋

十六畫

蘑蘭蘆龍蘅藋藻蘇藹蘊蘭

蘇	藻	藋	蘅	龍	蘆	蘭	蘑

蘭		蘊	藹				
	十七畫						

【艸部】

蘇

蘿

蕉

十九畫

虍部

二畫

虎

虍部

虍

三畫

虐

四畫

虔

虜

六畫

處

彪

五畫

虜

虛

號

七畫

【虍部】

虞虧

【虫部】

虫虯虵虹

虞

虧

十一畫

虫

虫部

二畫

蚪

三畫

虵

虵

虹

398

蚤	蚋	蚩	蚣	蚪	蚨	蚍	蚌	四畫

蚌蚍蚨蚪蚣蚋蚤蚓蚊蚤蚙蚯蛆蚱

蚱	蛆	蚯	蛉	蛋	五畫	蚊	蚓

蚌蚰蛇蛤蛔蛟蚤蛭蛛蛙蜂蜉蜑蜊蛺蛸

蛭	蚤	蛟	蛔	蛤	六畫	蛇	蚰	蚌

蛸	蛺	蜊	蜑	蜉	蜂	七畫	蛙	蛛

【虫部】

蜇蛉蚕蜀蛻蛾蜈蛹蛢蜜蜚蜩蝶蜻蜘蜡

蛹	蜈	蛾	蛻		蜀	蚕	蛉	蜇

八畫

蜡	蜘	蜻	蝶	蜩	蜚	蜜	蛢	

蝤	蝗	蝴	蝌	蝙	蝸	蝶	蝠	九畫
蝤	蝗	蝴	蝌	蝙蝙	蝸	蝶蝶蝶蝶	蝠蝠	

螗	螞	螃	十畫	螱	蝣	蝕	蝨	蝎
螗	螞	螃螃		螱螱	蝣	蝕	蝨蝨蝨	蝎

【虫部】

蝠蝶蝸蝙蝌蝴蝗蝤蝎蝨蝕蝣螱螃螞螗

402

螓融螄螢螈螳螺蟄蟋蟀蟑螯蟠蟒

螳	十一畫	螈	螢	螄			融	螓

蟒	蟠	十二畫	螯	蟑	蟀	蟋	蟄	螺

【虫部】

蠓 蟢 蟬 蟲 蟳 蟯 蠃 蟹 蟾 蟻 蠅 蠔 蟳 蠱 蠢

蠓	蟢	蟬	蟲	蟳	蟯	十三畫	贏	蟹
蠓	蟢	蟬	蟲	蟳	蟯		贏	蟹

蟾	蟻	蠅	十四畫	蠔	十五畫	蠐	蠱	蠢
蟾	蟻	蠅		蠔		蠐	蠱	蠢

404

【虫部】

蠻蠻蠻蠻蠻蠻蠻蠻蠻

蠻

十九畫

蠶蠶蠶

蠹蠹蠹蠹蠹蠹蠹蠹

十八畫

蠲蠲

十七畫

蠰

蠰蠰蠰蠰蠰蠰

【虫部】
蠲蠹蠶蠻

【血部】

行

行

行部

衂
衂

十八畫

血
血血血

四畫

血部

血
衂

【行部】

行

衆行
行行
行行

行部

衆
行
衆行
衆行
衆行
衆

【行部】
行

405

行

三畫

衍

五畫

術

六畫

街

七畫

衙

十畫

衡

衛

【衣部】

衣表衫衲袞袂衿衾衷袤袁

衣部

三畫

衣

表

衫

四畫

衲 袞 袂 衿 衾 衷 袤 袁

407

被袍袋袒袪袖裂袷袴裁

袍			被	五畫			

袍 袍 袍

袍 袍 袍 袍 裹 裹

絥

袍 袯 裝 爨 襀 襀

被 袍 裻 裺 被 裋

裺 裺 裺

裺 裺 裺 裺

裺 裺 裺 裺 裺

裺 裺 裺 裺 裺

裁	袴	袷	裂		袖	袪	袒	袋

裁 裁

絝 襪 袴

袷

裂

六畫

袖 裺 裺 裹

裺

袒 袒 袒

裺

裔	裝	裙	裒	袁	哀		補	七畫

【衣部】

補哀袁裒裙裝裔裕裨裱裴裝

		裴	裱	裨		裕		八畫

409

綴裸裌裏裾裼裳褊複褚褐褥褌褻

褊	九畫	裳	裼	裾	裏	裌	裸	綴

褻	褌	十一畫	褥	十畫	褐	褚	複

410

【衣部】

襄襟禩襤襪襲襯

襖	襟	十三畫							襄

十四畫 襤

十五畫 襪

十六畫 襲 襯

411

西部

| | | | | | | 西 | |

三畫

要

六畫

覈

覈

覆

十二畫

見部

規	覓			見	
		四畫			見部

	親	覿		視	覜	
			九畫		七畫	五畫

【見部】 觀覡覞覽觀

【角部】 角觚

角部

十四畫

觀

十一畫

覞

覩

十畫

親親覩

覦

覽

十八畫

觀

觀觀

角

五畫

觚

角部

觚觚觚

414

【角部】

解觴觸

六畫

解

十一畫

觴

【言部】

言

十三畫

觸

言部

言

計訂訇計討託訌記訖

	計	訇	訂	計	二			
三畫	計		訂	計	畫			

訖			記		記	訌	託	討

【言部】

訊訓訒訪訥訣許訟訛訝設評詆

訊		訓		訒	四畫	訪	訥	訣

許		訟	訛	訝	設	五畫	評	詆

417

【言部】

詁 詞 訌 詘 詞 詐 詔 診 詛

詁 詞 訌 詘 詞 詐 詔 診 詛 訴 詒 詠 証 該 訴

詁	訶	訌	詘	詞	詐	詔	診	詛

訴	該	六畫	証	詠	詒	訴		詞

418

詳	詮	詰	詠	話	詿	誇	詭	誄

【言部】

誄詭誇詿話詠詰詮詳詡詢詹誅詑

詑	誅		詹		詢			詡

419

【言部】

誠詩試詰誕誴誑誨誚誓認誦

七畫

誠　詩　　　試　詍　　　誕

詰　　誑　誨　誠　誴　　誓　認　誦

【言部】

說誘誣誤語誹談調諒論課諍

八畫

誹　語　誤　誣　誘　　　　說

諍　課　論　諒　　　　調　談

421

誶	誶	諗		誰	詔	諄		請

（篆書字形）

諱	諾	諷	謀		誼

九畫

【言部】

諸諡諺謂諛諭謗謐謄謊謇講謖

諸					謐	諺		謂	諛

諭		謗	謐	謄	謊	謇	講	謖	

十畫

423

【言部】

謝謙謐謠謨謾謬謹讁謳

謠	謐				謙			謝

十一畫

謳	讁	謹	謬	謾	謨		

424

譜譚譁譏譎譙譎識警譫譬議譯

譙	譎	譏	譁			譚	譜	十二畫

譯		議	譬	譫	警	十三畫	識	譎

譽　　　　　　　護　十四畫

讓　讖　讕　　　變　讀　十五畫　譴

十畫

谷部

谷

谿

豁

【豆部】

豆部

三畫

豆

豈

							豎	
					豐	十一畫		八畫

豕部

				象		豕	
					五畫		

【豕部】

豢豪豫

【豸部】

六畫

篆
七畫

豪

十畫

豫

豹豺

豸部

三畫

豹

豺

豺

【豸部】 貂貊貉貅貌貓貜

五畫 貂 貂

六畫 貊 貊

貉 貉

貅 貅

貌 貌

七畫 貌 皃 䫉 貌 貌 貌 貌

【貝部】 貝

九畫 貓 貓 貓

十八畫 貜 貜 貜 貜 貜

貝部

貝 貝 貝 貝 貝 貝 貝 貝 貝 貝 貝 貝

430

【貝部】

負貞貢財貧販貪貫

覓

二畫

負

貞

三畫

貢

財

四畫

貧

販

貪

貫

貨　責　貶　買　　五畫　貿　貸

貼　貴　　　　費

【貝部】

覸 賀 貯 貳 貽 六畫 賃

覸賀貯貳貽賃賂賅賄賈資賊

賊 資 賈 賄 賅 賂

八畫　賖　賑　　　　　賓　七畫　賊

賢　賤　賡　賦　賣　賠

434

				賜		賞	賑		質
					賞	賞	帳	覓	質 質
					賞 賞	賞 賞			質 質
						賞			質 資
						賞			質 覓
						賞			覓

【貝部】

質賑賞賜賭賴賻購賺

賺	購	賻			賴	賭			
賺	購	賻 賻	十畫	畫 畫 賴 賴	賴 賴 賴 賴 賴	賭 賭 賭	九畫	賜 賜 賜	

435

【貝部】 賽贅贊贈贋贍贏贓贖贛

賽	贅	十二畫	贊		贈	贋	十三畫	贍
貝（篆文）	貝（篆文）		貝（篆文）	貝（篆文）	貝（篆文）	貝（篆文）		贍（篆文）

贏	十四畫	贓	十五畫	贖	十五畫	贛	十七畫
贏（篆文）		贓（篆文）		贖（篆文）		贛（篆文）	

436

赤部

赤

七畫　赫

四畫　赦

五畫　赧

報

走部

走

二畫　赳

赴

赳

437

三畫

起

起

趄

超

五畫

趁

越

趕

趙

七畫

【走部】

趙趣趨

【足部】

足

八畫

趙

趣

十畫

趨

足部

足

三畫	趵	四畫	跂	趾	趿	五畫	跋	跛
跑	跗	跌	跎	距	跚		六畫	跳

路		跟	跪	跨	跬	跣	七畫	跼
路路路踏徥徥	踚踚徟踚	跟峴	跪跪ㄑ	跨	跬	跣		跼

踊	跟	八畫	踢	踝	踖	踏	蹹	踐
踊踊踊踊	踚		踢踢	踝踝趹踝	踖	踏	蹹	踐踐

【足部】

路跟跪跨跬跣跼踊跟踢踝踖踏踖踐

441

踞跔踩跋踱蹄蹁踵踝蹈寋蹉躘蹄蹤

踞	跔	踩	跋	九畫	踱	蹄	蹁	踵

踩	十畫	蹈	寋	蹉	十一畫	躘	蹄	蹤

442

【足部】

蹩 蹯 蹬 蹲 蹶 蹺 蹭 蹴　　十二畫

蹻　十三畫　蹸 躁 躅　十四畫　躋 躊 躍

蹩蹯蹬蹲蹶蹺蹭蹴蹻蹸躁躅躋躊躍

身

躡 十八畫

蹣 躑 十五畫

身部

躬 三畫

躲 六畫

【身部】

躺軀

【車部】

車部

車軌軍軌

八畫

躺

十一畫

軀

車部

車

一畫

軋

二畫

軍

軌

【車部】

軒軟軔軸軫軼軺較輅輄

五畫	軟	四畫				軒	三畫	

六畫

輄	輅	較		軺	軼	軫	軸	軔

446

【車部】

軾載輔輕輗輦輩輛輞輪輟

軾	載				七畫	輔			輕

輗	輦	輩	八畫	輛	輞	輪	輟

【車部】

輝輜輻輯輸轒轂轄輾輿轅轆轉

九畫

十畫

十一畫

轂	轒	輸	輯	輻	九畫	輜		輝

	轉	轆	十一畫	轅	輿	輾	轄	十畫

448

十二畫

轔

轎

轟
十四畫

轟

辛部

辛

辟
六畫

辜
五畫

【辛部】

辣辦辨辭辯

【辰部】

辰

辣

七畫

辦

辨

九畫

辭

十二畫

辯

十四畫

辰

辰部

【辰部】

辱農晨

		農			辱		

六畫

三畫

八畫

晨

451

辵部

三畫

迄　巡　　巡　迅　迁　四畫

远　近　　迎　返　五畫　迫

迤	六畫	述	迴	迢	迭	迪	迢

迷	逃	退			逆

逋	七畫		送	追	洒	迹	迴	逅

逃	透	逗						逢

454

【辵部】

途通連逛迷逡逍這逐逞逝

途	通								連

逛	述	逡	逍	這	逐	逞	逝

這	八畫		速					造

八畫

透			進		達		逮

【辵部】

逸遍遍達道遁遑遒

逸			道		達	遍	逼		逸
徧衍踖道道道	遁遁道道	遒遒遒道道	達萍萍篷篷	萍趺趌徥徔萍	徧	逼逼偪弱	九畫	逐

遒	遑	遁							
遒遒	徨	循彶彶循遁	徧衍	萍衍徥道道衒	道道道蘧蘧	徥徔狐徥衍	徥徥徥衒彶	道道徥徔衒	

457

【辵部】　過遏遄遂

遂		遄	退					過

458

運　　遇　　遊　逾　　違　過

遞　遘　遣　遙　遠　十畫

十二畫　遭　　　　適　遮　十一畫　逝

遲　選　遷　遼

走部

遺遵邂避還邁遽邅邀邃遄

遺　　　　遵　　　遺

邂

十三畫

遼　避

還

邁

遽

邅

邀

邃

遄

461

辵部

邐	十九畫	邊	遂	十五畫	遷	邈	邁	十四畫

邑部

邢	四畫	邛	邕	三畫	邑		邑部

【邑部】

邠				邪	那			邦
（篆文字形）				（篆文字形）	（篆文字形）			（篆文字形）

		邵		邱		邯	邸	五畫
		（篆文字形）		（篆文字形）		（篆文字形）	（篆文字形）	

463

【邑部】

六畫 郃 郊 郁 郎 郄 邾 郭 郜 郗 郯 邻

郄				郎	郁	郊	郃	六畫

邻	郗	郜	郭	邾	郯	

七畫

【邑部】

郝郡郇部郵郯郭

郇			郡					郝

郭	郯	郵					部	

八畫

465

【邑部】

郊 兒 郭

郊兒郭

466

【邑部】

都鄂鄆鄉鄔鄒

都

九畫

鄒　　鄔　　鄉　鄆　鄂

十畫

467

鄭鹿鄗鄂鄢鄘鄱鄲鄭鄰

廓	鄞	鄢	鄂	鄗	鄘	鄭	十一畫	鄱

鄰					鄭	鄲	鄱	十二畫

酆　　　十八畫　廓（鄘）　十四畫　鄴　　十三畫　鄭　　　鄧

西部　　　酉　　　　　　　　二畫　酊　　　　　酋

配酒酎酌酕酖酚酢酡酤酥

	酌	酎		酒			配	三畫

四畫

酥	酣	酤	酡	酢	五畫	酚	酕	酖

【酉部】

酩酪酬酷醒酸醉醋醍醒醖醬

八畫	酸 醸酸皾醠	醒醒	酷酷	七畫	酬酬酬	酪酪	酪酪酪酪	六畫

醬牆	十一畫	醖醖	十畫	醒醒	醍醍	九畫	醋醋	醉酸醉酸

471

【酉部】 醫醴釀醳釀釁

【釆部】 釆釋

【里部】 里

釀		醳	釀	醴		醫
十九畫	釀	十七畫	醳	釀	醴	十三畫

釁

里		釋		釆		釁
里部		釋 釋 釋	十三畫	采部		

【里部】

重
野
釐

【金部】

金

	野					重		里坐
		四畫					二畫	

金

金					釐	七畫	野
		金部					

釜釘釗針鈕釣

二畫

三畫

釜　釘　釗　針　鈕　釣

鈇　斜　　　欽　　釬　釧　釵

四畫

鈔　鈴　　鈞　鈣　鈕　鈉　鈍

金部 五畫

鉛	鉀	鉤	鈴	鈿	鈹	鉢	鈸	五畫
鉛	鉀	鉤 鉤 鑇 乙	鈴 鈴	鈿 鈿	鈹	鉢 鉢	鈸	

六畫

銘	六畫	鉚	鈸	鈺	鈾	鉦	鉉	鉗
銘 銘 銘 銘 銘		鉚	鈸	鈺	鈾	鉦 鉦	鉉	鉗 鉗

鈸鉢鈹鈿鈴鉤鉀鉛鉗鉉鉦鈾鈺鈸鉚銘

【金部】

銅 鉸 銓 衙 銑 釧 銖 銚 銃

銀 七畫 鋇 鋪 鋒 鋁 銲 鋏 鋌

銅鉸銓衙銑釧銖銚銃銀鋇鋪鋒鋁銲鋏鋌

477

錄	錠	八畫	銳	銼	鋤	鋅	銷	錢	【金部】

錐	錚	錫			錢	鋸	錦	鋼

錢銷鋅鋤銼銳錠錄鋼錦鋸錢錫錚錐

錘
鍬
錙
錯
錨
鍍
鍛
鍋
鍵
鍥
鍾
錫
鍬
鎊

九畫

十畫

479

鎝鎦鎧鎬鎮鎔鎖鎰鎢鏢鏝鏑鏜鏤

鎔			鎮		鎬	鎧	鎦	鎝
鎔鎔鎔	鎬鎬鎬	鎖鎖鎬鎔鎔鎔	鎮鎮鎮鎮鎮鎮鎮	鎬鎬鎬鎬鎬	鎬鎬鎬鎬鎬鎬	鎧	鎦	鎝

鏤	鏜	鏑	鏝	鏢		鎢	鎰	鎖
鏤鏤	鏜	鏑	鏝	鏢	十一畫	鎢	鎰	鎖鎖鎖鎖

480

【金部】

鏈 鏗 鏡 鏉 鏊 鍛 鏃 鏽 鏖

鏈鏗鏡鏉鏃鍛鏃鏖鐙鎴鏃鐘

十二畫

鐲	鐫	鐮	鐵	鐸	鐺	十三畫	針鐸機用
鐲	鐫鐫鐫	鐮	鐵鐵鐵鐵鐵鐵	鐸鐸	鐺		
十四畫							

鑫		鑐		鑄	鑊	鑑	鑌
鑫	十六畫	鑐鑐鑐	十五畫	鑄鑄鑄鑄鑄	鑊鑊鑊	鑑鑑	鑌

482

【金部】 鑰鐵鑼鑾鑽鑿钁

十七畫

鑰

鐵

十九畫

鑼

鑾

鑽

二十畫

鑿

钁

【長部】 長

長部

長

長

門
閃

門
部

二
畫

閃

【門部】

閒閔開開間閑閏閘闉

閒　　　開　　閔　　　閉　　三畫

　　　　　　　　　　四畫

閩　　閘　　閏　閑　間　　　五畫

閩　　六畫

閧	闋	閶	七畫	閬	閨		閣	閥

閥閣閨閨閒閧閱閩閬閣閝閟

闊	闌	九畫		閣	閹	閶	八畫	閱

關　｜　闋　闕　闔　闐　闈　｜　関

十一畫

十畫

關閑閒閏閔閘闊閡闕闌闇

（以下篆書字形省略）

闈　闡　闔　｜

十二畫

【阜部】

阜阡防阮附阻阿陌陋陔

阜部

三畫

阜

阡

四畫

防

阮

陋

五畫

附

阻

阿

六畫

陌

陋

陔

【阜部】

降　限　陞　陡　陝　陟　陣

七畫

除　院　陪　陣　陶

八畫

降限陞陡陝陟陣除院陪陣陶

489

陸								陵

（篆書字形欄）

		陳	阪		陷			

（篆書字形欄）

490

【阜部】

陰隊隄隆

陰

隊 隄 隆

九畫

陽　　　　　階

隘　　　隙　隔　十畫

【阜部】 隕際障險隨隱隴

隱　隨　險　障　際　隕

十四畫　十三畫　十一畫

隴　十七畫

【隶部】 隶隸

隸　隶

九畫

隶部

493

隸　隸

佳部（隹部）

二畫

隼　隼

三畫

雀　雀

四畫

雁　雁

集

雄

雅

雁

【隹部】

隽雍雉截雕雖

五畫　隽　雍

六畫　雉

八畫　截

九畫　雕　雖

【隹部】

十畫　雞雙雜雝雛　難離

十畫

雞				雝	雜	雙	雛	

十一畫

		離					難	

【雨部】

雨雪雯雰雲雹電雷

雨部

雨

三畫

雰

雪

四畫

雯

雯 雰 雲 五畫 雹 電 雷

零

六畫

需

七畫

霈

霉

霆

霄

震

雪

八畫

霏

霓

霖

霑

霎

【雨部】

霍霞霜霆霧霹霸露霾

霍				九畫	霞	霜	十一畫	霆	霧

霹	十三畫	霸		露	十四畫	霾

靄			靈	霾	十六畫	霽	十五畫

靖	五畫				青	青部

七畫　靚

八畫　靛　靜

非部

七畫　靠

十一畫　靡

【面部】面 【革部】

革靼靳靴鞏鞋

面部

圓

面部

革部

革

四畫

六畫

靼

靳

靴

鞏

鞋

502

【革部】

革部

鞍 鞘 鞠 鞭 鞣 鞦 鞭

鞍　鞶

七畫

鞘　鞓

八畫

鞠

九畫

鞭

【韋部】

韋 靮

鞣　鞦

韋部

韋

三畫

靮

503

【韋部】

韓趕韜韞

【韭部】

韭

九畫

十畫

韭部

504

音　部

音

韶　十二畫

響

音　四畫

韵　五畫

頁　部

頂

頁　二畫

上段（三畫）

順				須	項	三畫	頃

（以上各欄為篆書字形）

下段（四畫）

頌	煩	頋	頑	頓	頒	四畫	

（以上各欄為篆書字形）

【頁部】

頑預碩頗領穎頂頡穎頻頭頹頷頰

頑	預	五畫	碩	頗	領	六畫	穎	頰

頡	七畫	穎	頻	頭	頹	領	頰	頗

【頁部】

頸頤顥題額顏類顯顚願

顏	額	題		顥		頤	頸
顏顏顏顏顏顏顏	額	題題題題題	九畫	顥顥顥	八畫	頤頤頤頤頤頤	頸

願	顚		顥	類			
願顥顥顥顥顥	顚顚顚顚顚顚	十畫	顥	類 類類類類類類	類類類類類	顏顏顏顏顏	顏顏顏顏顏

508

【頁部】

顧顥顗顯顰顧顫

顯　　顫　　顥　　顧　　　

十四畫　　十三畫　　　十二畫　　

顴　　顱　　顬　　　　

十八畫　　十六畫　　十五畫

颮						風	
颮	五畫	圓圓	風風風風風風	風風風風風風	風風風風風風	風周周風風風	風部

飄		颸		颺		颶		颯
飄飄飄	十一畫	颸	十畫	颺	九畫	颶	八畫	颯颯颯颯颯颯

【風部】 颺颱飆

【飛部】

颺

飛

飛部

飆

颷

十二畫

颺

飛

【食部】 食飢飧飯

飯

四畫

飧

三畫

飢

二畫

食

食部

【食部】

飩飯飲飽飾飼飴餃飼餌養餂餕

飴	飼	飾		飽		飲	飯	飩
餶	飼飼	飾飾飾	餗餃	飽餟餑餅餅飽	五畫	飲飲	飯飯飯飯	飩

餕	餂		養	餌	餌	餃		
餕	餂	七畫	養養羚新兔兔	養養羚新兔兔	餌	餌	飯飯	六畫

512

餐餓餅館餛餡餞餬餺餾餿饃饅饉

餞	餡	餛	館	餅		餓	餐
九畫	𩜦𩜧	𩜍	𩜀	餠餅𩚀	八畫	𩚱	𩝔𩜮𩜰𩜪

饉	饅	饃		餿	餾	餺		餬
𩞏	𩞶	𩞇	十一畫	𩜙	𩝐	𩝀	十畫	𩞵

食部

十二畫

饋　饑　饒

十三畫

饕　饞

首部

十七畫

饞

首部

首

【香部】

馨		馥				香	
十一畫		九畫				香部	

馬部

馬馮

	馮			馬	
	二畫			馬部	

馬

馱　馴　馳　三畫

駁　四畫　五畫

駘　駙　駝　駑　駕　駒

駐	駛	駔	駟			駱		駭

六畫

騏	駢		騁				駿	

八畫

七畫

【馬部】

駐駛駔駟駱駭駿騁駢騏

517

騎騅騠騧騙騖騰騮騫騷驃驀驊

十畫	驁	騙	騧	騠	九畫	騅		騎

騾	驀	驃	驊	騷	騫	騮		騰
			十一畫					

驅　駿　十三畫　驊　驕　　驍　驚

驛　驗　十四畫　驟　十六畫　驢　驥

驅駿驊驕驍驚驛驗驟驢驥

馬部

十七畫　驤

十九畫　驪

骨部

四畫　骹

十一畫　髏

十三畫　體

髒

髓

骨

【骨部】髑

髑

【高部】高

高

高部

【髟部】髧髦髦髮

髮

髦

髡 髧

三畫

四畫

五畫

髟部

521

【鬥部】

鬧

【鬯部】

鬱

【鬲部】

鬻

【鬼部】

鬼魁魂

鬲部

鬼部

三畫

魁

四畫

魂

魖魄魅魍魏魖魔魖

五畫

魖

魄

魅

八畫

魍

魏

魚

魖

魔

魍

十一畫

魚

魚部

魚

【魚部】

魴魯鮑鮒

魴

魯

四畫

五畫

鮑

鮒

鮎鮖鮓鮮鮭鮚鮫鯉鯊鯁絲鯤鯨

鮚	鮭			鮮		鮓	鮖	鮎
篆	篆	鮮	篆	篆	六畫	篆	篆	鮎

鯨	鯤		絲	鯁	鯊	鯉		鮫
篆	篆	八畫	篆	篆	篆	鯉	七畫	篆

526

【魚部】

九畫

鯧	鰍	鯿	鯽	鰈	鰕	鰍		鯫	鯧

十畫

鰓

鱉	鰻	鏈		鰲	鰊	鰐

十一畫

【魚部】

十二畫　鱘　鱉　鱗　鱔

十六畫　鱸

【鳥部】

鳥部

鳥

二畫　鳬

鳩

三畫　鳴

【鳥部】

鳳鳶
鳷鴂
鴉鴕
鴂鴒
鴎鴨

四畫

	鳶						鳳	

五畫

鴨	鴎	鴒	鴂	鴕		鴉	鴂	鳷

529

【鳥部】

鳶駕鴿鴻鵑鵠鵝鵒鵬麃鷗鵪

鵑	七畫			鴻	鵠	六畫	駕	鳶

鵪	鷗	麃鳥	鵬	八畫	鵒	鵔	鵝	鵠

鵲鶴鵊鶍鷔鷔
鶴鷉鶬鶿
鶯鶯鷗鷙

鶩	鶩	鶍	九畫	鶵	鶴		鵲
十畫							

鷔	鷗	鷔	十一畫	鶯	鶿	鶬	鷉	鶴

鸞鷺鵬鸇鷟鷹獄鳥鸛鸝

十二畫

鸞 鷺 鵬

十三畫

鸇 鷟 鷹

十四畫

獄鳥

十七畫

鸛

十九畫

鸞

卤部

十四畫

鹽

鹿部

鹿

鹽

二畫　麀麂

五畫　麇

八畫　麗

麀麋

麥

麥部

麟

十三畫

麝

十畫

麒

麓

【鹿部】 麓麒麝麟
【麥部】 麥麪麩

巖 麼 靡 麻

麻部

麩 麪

四畫

【麻部】 麻麼靡巖

534

黃

黃部

黍

黎

黏

黍部

黑部

黑
三畫

默
四畫

黔

默

六畫

點

黝

黜

點

黛

五畫

黎

	黯		黥			黨	
帯部	九畫					八畫	

【黑部】
黨黥黯

【帯部】

黼

	鼎		黽		黼
黽部	鼎部		黽部		黼

【黽部】
鼀

【鼎部】
鼎

鼓

鼓部

鼻

鼓部

鼠

鼷

鼠部

鼻部

【鼎部】【鼓部】

鼓

【鼠部】

鼠鼷

【鼻部】

鼻

538

【鼻部】

鼾

【齊部】

齊

齊

齊部

鼾

鼾

【齒部】

齒

齒部

九畫	齦	七畫	齟	齡	齠	五畫	齒	齒

（齒部 篆文字形）

齪
齷

					龍			齷

龍
部

【龍部】

龔龕

【龜部】

龜

					龔			

龜部

龕

龔龕

541

龠部

龢
龢龢龤龤
龤龢龢

篆刻篆書字典/李鐵良撰著. -- 三版. -- 臺北市：
笛藤出版, 2021.12
　　面；　公分
ISBN 978-957-710-842-5(平裝)

1.篆書 2.篆刻 3.字典

802.294041　　　　110020357

篆刻篆書字典

2021年12月23日　3版第1刷　定價540元

撰著	李鐵良
監製	鍾東明
封面設計	王舒玕
總編輯	賴巧凌
編輯企劃	笛藤出版
發行人	林建仲
發行所	八方出版股份有限公司
地址	台北市中山區長安東路二段171號3樓3室
電話	(02) 2777-3682
傳真	(02) 2777-3672
總經銷	聯合發行股份有限公司
地址	新北市新店區寶橋路235巷6弄6號2樓
電話	(02) 2917-8022・(02) 2917-8042
製版廠	造極彩色印刷製版股份有限公司
地址	新北市中和區中山路2段380巷7號1樓
電話	(02) 2240-0333・(02) 2248-3904
印刷廠	皇甫彩藝印刷股份有限公司
地址	新北市中和區中正路988巷10號
電話	(02) 3234-5871